ETHEM EMİN NEMUTLU

OLİMPOS®

DUA KADER DEĞİŞTİRİR
Ethem Emin Nemutlu

Redaksiyon: Sinem Pillik
Son Okuma: Elif Tesbihçi
Kapak Tasarımı: Tuna Yıglımcı

1. Baskı: Ocak 2018
ISBN: 978-605-2063-32-3

OLİMPOS YAYINLARI
Maltepe Mah. Davutpaşa Cad. Yılanlı Ayazma Yolu No:8 K:1 D:2
Davutpaşa / İstanbul
Tel: (0212) 544 32 02 (pbx) Sertifika No: 13718
www.olimposyayinlari.com - info@olimposyayinlari.com

Genel Dağıtım: YELPAZE DAĞITIM YAYIN SANAT PAZARLAMA
Maltepe Mah. Davutpaşa Cad. Yılanlı Ayazma Yolu No:8 K:1 D:2
Davutpaşa / İstanbul
Tel: (0212) 544 46 46 Fax: (0212) 544 87 86
info@yelpaze.com.tr

Baskı: Üç-er Ofset
100. Yıl Mahallesi Mat Sanayi Sitesi 4. Caddesi
No:75 Bağcılar/İstanbul
Sertifika No: 21865

DUA KADER DEĞİŞTİRİR

ETHEM EMİN NEMUTLU

OLİMPOS®

Hazırsanız başlayalım...

Zorluklara Beş Kala...

Eve geldiğimde annemi ağlarken buldum, ne olduğunu idrak dahi edememiştim. Tam ne olduğunu soracağım sırada kapı çaldı. Öyle bir zil sesiydi ki kalbimin tam ortasından ok geçirir gibi paniklere boğdu beni çünkü gerçekten evi kasvet sarmıştı ve bu kasvet benim kan dolaşım hızımı arttırmıştı. Anneme "Ne oldu?" bile diyemeden kapıya koşmak zorunda kaldım. Kapı deliğinden baktığımda bina görevlisi -şu an ismi öyle ama o zamanlar "kapıcı" deniyordu- Ahmet Abi gelmişti. Onu görünce, açmadan geri dönüp annemin yanına gitmek istedim ama kapıyı bir kez daha çaldı ve geri dönüp kapıyı açtım.

Ahmet Abi donuk bakışlı, ifadelerini çok belli edemeyen, dürüst bir insan olduğunu yansıtan biriydi. Kırık bir sesle:

"Aslan, nasılsın?" dedi. Aslında o an iyi değildim. İçeriden hıçkırık sesi gelmesin diye içimden dualar ederken, "İyiyim Ahmet Abi, buyur. Acil miydi, ne oldu?" dedim, ki sesi daha da kırıldı Ahmet Abi'nin:

"Elektrikleri kesmek için geldiler, ben tuttum. Aşağıda bekliyor görevliler." dedi.

Ne diyeceğimi bilemedim. Daha yirmi iki yaşında, aklı tam başında olmayan çağlardaydım. Yaşantı olarak akranlarımdan biraz daha olgun olsam da beynimin gençlik damarları hızlı atıyor ve sağlıklı düşünmeme yardımcı olmuyordu ama tecrübeyle öğrenilen şeylerin yaş ve bilgiyle alakası yoktu. Hayat bilgisi dersi alsam da ilkokul yıllarımda, hayatın bilgisi okuyarak değil tecrübeyle öğrenilirmiş; bu tecrübeyi de kimi insan zor, kimi insan kolay öğrenirmiş. Ben zorla öğrenenlerden olacaktım, o an anladım bunu...

Kendime değinmişken; akranlarımla farkım vardı aslında biraz hızlı bir lise çağı geçirmiştim. Hırgürü seven bir yapım vardı, deli doluydum. "Lise yıllarında kim deli dolu değil ki?" diyeceğim ama benimki biraz fazlaydı. Karakollar, hastaneler, ambulanslar, ekip arabaları... Her şeyi gördüm, yaşadım, tattım ve duruldum. "Pişman mısın?" diye sorarsanız, değilim; hayat bilgisi en güzel bilgilerden biri bana göre ve okuyarak değil tecrübeyle kazanılır. Ben de tecrübeyle kazandım ve pişman değilim ama kendini asla tutamayan bir sinir yapısına sahiptim ve bundan pişmandım. Tahammül derecesi zayıf biriydim; bunu düzeltmem, sabretmem gerekiyordu ve hayat bana bunu, zor ya da kolay öğretecekti, farkındaydım.

Konumuza gelelim dostum, kendimden yer yer bahsedeceğim sana nasılsa...

"Ahmet Abi, ne yapalım?" diye sordum. Gözlerim doldu taştı. O an annemin içeride neden ağladığını dahi bilmiyorken elektrik falan umurumda değildi. Ahmet Abi, yine kırık bir sesle:

"Bilmiyorum. Gel beraber inelim bir konuşalım." dedi. Ben de "Abi sen in, ben hemen geliyorum." diyerek kapıyı hızla kapattım ve bir hışımla içeriye, annemin yanına koştum. "Ne oldu annem sana?" diyorum ama kadın ağlıyor, hiçbir şey anlatabilecek durumda değil. Evde benden başka kimse de yok. Kardeşim askerde, ablam evlendi; bir annem, bir babam, bir ben...

Babam derken, sahi babam nerede? Çünkü babam çalışmıyordu, evdeydi sürekli. Evimizi uzağa taşıdığımızdan dolayı eski ortamındaki kahveye de gidemiyordu kolay kolay. Gidemez tabii, çalışmadığı için cebinde para mı var? Yok! O yüzden dört aydır kira ödenmemiş, faturalar ödenmemiş, gaz kesilmiş... Haberim yok arkadaş, hiçbir şeyden haberim yok! Annem biraz kendine geldi ve "Baban gitti oğlum." dedi. Hiçbir şey anlamadım gerçekten çünkü babam zaten sürekli giderdi; çocukluğumda da giderdi, büyüdüğümde de giderdi; hep giderdi kısacası. "Anne nereye gitti, niye ağlıyorsun?" dedikçe, "Gitti." diyordu. "Ceketini aldı ve gitti." dediğinde anladım...

Babam bizi bırakıp gitmişti ama şu an onu bile düşünemiyordum. "Elektriğimizin kesilmemesi için Ahmet Abi görevlilerle aşağıda beni bekliyor, benim aşağı inmem gerek anne." dediğimde, "Sabah da doğalgazı kestiler oğlum." dedi annem.

Evin içinde hani bir koridor olur ya, yatak odasından kapıya giden ara; işte o araya bayılıp kalmak istedim çünkü benim ellerim bu dertler karşısında küçücük kalacaktı, biliyordum. Yaşanmışlıklarım olsa da hayata dair, acıya dair ya da derde dair, böyle bir sorumluluk yükünün ne olduğunu bilmiyordum. Yirmi iki yaşında elektrik, doğalgaz, kira, ev, aile derken, ne olduğunu bile anlamadan o kapıdan çıkmış, aşağı inmişim. Ahmet Abi görevlilerle konuşup bizim için beş gün izin istemiş ve görevliler çoktan gitmişti. Ahmet Abi bir dal sigarayı uzattı. "Gel gel Aslan'ım, çözdüm ama beş güncük." dedi gülerek ve kapıdaki o kırık, bizim için iyi bir şey yaptığı için tebessümlü, naif sesiyle. Her ne kadar babamdan hoşnut olmasalar da bina sakinleri, Ahmet Abi ve komşular, bizi severdi. Sigarayı "Oh!" diyerek yaktım ama o anda Ahmet Abi'den nameler başladı. "Sabah doğalgazı kestiler, haberin var mı?" diye sordu. "Annem daha yeni söyledi abi." dedim. "Ona bir şey yapamadım çünkü burada değildim. Geldiğimde hanım söyledi." dedi. Ben de "Boş ver abi." dedim argo ve hafif isyankâr şekilde. Şu anda bu yazıyı okuyan okuyucum; "O durumda nasıl cevap verirdin?" diye kendine sor, o şekilde bir cevaptı işte...

Ahmet Abi devam ediyordu. "Oğlum bak, yapacağımız bir şey varsa söyle, bu durum böyle olmaz." Haklıydı adam çünkü geçen hafta da ev sahibi kapıya gelmişti "Artık evden çıkın, dört aydır kira ödemiyorsunuz." diye.

Ev sahibinin böyle bir sıkıntısı olduğunu biz daha önceden bilmiyorduk; yani ödenmeyeli dört ay olduğunu biz yeni duymuştuk, babam ödüyor sanıyorduk, adam kapıya geldiğinde anladık bunu. Ev sahibi sağ olsun, dört aydır kirasını alamamasına rağmen bize yardımcı olmuştu ancak babam telefonlarına çıkmadığı için mecburen, utana sıkıla evin kapısını çalmıştı. Biz böyle zorlukları daha önce yaşamış olsak da bu farklıydı, ailemiz dağılmıştı çünkü ilk defa. Kardeşim askerde, ablam ise evlenmişti; henüz ablamın evliliğiyle ilgili borçları bile ödememiştik, öyle söyleyeyim... Babam da gitmişti; bu sefer cidden gitmişti çünkü annem eve bakmıyor diye avukata gitmiş, dava açmış ve celp eve gelmiş. Babam da celbi görünce direkt ceketini giydiği gibi kapıdan çekip gitmiş. Ben babamla ezelden beri anlaşamazdım. Bir söz var, çok hoşuma gider: "Bir babanın evladına yapacağı en iyi şey, annesini sevmektir." Babam, anneme iyi davranmazdı. İnsanlar hata yapar, hatasız kul olmaz ama babamın hatası fazlaydı. Yaşanmışlıklarını anlamaya çalışsam da çoğu zaman ona çekmiştim; sinirli, asi ve sabırsız bir insandım. Babamın kopyasıydım resmen o yıllarda...

Babamın hayatı da kolay geçmemişti, varlıktan yokluğa düşmüştü. Kimileri "Kendi hataları." der, kimileri "Az yeselerdi." der, kimileri de "Kader." der... Ben kader diyenlerdenim. İnsan kendi kaderini yaşarken, yaptığı hatalardan dolayı kaderinin yön değiştirmesine yardımcı oluyorsa bu; kaderin sillesini yiyince, kadere isyan yerine Allah'a daha çok sarılması gerektiğini gösterir.

Mevlana der ki;

"Çaresizlik Allah'tan gelen en güzel işarettir. Dua vaktinin geldiğini gösterir." Çaresiz kaldığın zamanlarda; hani olur ya birikir her şey, üstüne üstüne yağar, kaçamazsın; ne şemsiyen vardır ne sığınacak bir kapın, ıslanırsın o dert yağmurunda ve öyle daralırsın ki, o yağmur da olmayan su birikintisinde kendini boğarcasına sıkarsın, kasarsın... İşte tam da o an isyan yerine dua eder, senden daha kötü durumda olan insanları düşünür, yani birazcık Pollyannacılık oynarsan, kendine kendini daha güçlü kılarak dertlerle başa çıkabilirsin.

Neyse, döndüm Ahmet Abi'ye. "Abi, yapacak bir şey yok. Şükür ölmedik, sağlığımızda da bir sıkıntı yok, elim ayağım tutuyor çalışmaya." dedim ama çalıştığım yerde aldığım maaş; kirayı öder, sigaramı alır, yol paramı sağlar, hadi diyelim kardeşime harçlık da yollarım... O an var ya, gözümün önünden; ödenecek faturalar, biriken kira, evin giderleri, market alışverişi, annem ve ablamın borçları nasıl bir film şeridi gibi geçti anlatamam. İnsanlar "Başımdan aşağı kaynar sular döküldü." derdi de inanmazdım. Vallahi yaşamayan bilemez, dökülüyor o su kafadan, ayak tırnaklarına kadar hissediyorsun; onu o an hissetmiştim işte. Ahmet Abi bir anda "Ne oldu lan, iyi misin?" dedi. "İyiyim, iyiyim." dedim. "Eve çıkmam gerek abi, konuşuruz." diyerek asansöre doğru koştum ve hışımla eve girdim. Annemi bulduğumda yine köşesine çekilmiş, eline tesbihini almış, tespih çekiyordu. Annem öyle biriydi; ne zaman zorluk yaşasa ağlardı, ağladıktan sonra da tespihine sarılırdı. Bilirdi her şeyin ama her şeyin Allah'tan geldiğini ve bana da öğretmişti. Çocuklar evde kendine bir model seçer ve ona göre yaşar. Benim modelim annemdi. Her zaman kendime şunu derdim: Babam gibi olmayacağım! Olup olmayacağımı bilemem ama olmak istemem hiçbir zaman... Kötü diye değil; benim rol modelime yani idolüme kötü davrandığı için, annemi üzdüğü için hiçbir zaman onun gibi olmak istemedim. Annem tespihini bitirince "Oğlum!" diye seslendi bana. Ben mutfakta sigara içiyordum, hemen bırakıp koştum yanına "Söyle anam." diyerek. Ağlamaklı bir sesle, "Baban mahkeme celbini görünce gitti, ben babanı tanıyorsam, bir daha da asla gelmez." dedi. Evet, öyleydi; babam inatçı bir insandı, inadı yüzünden de gelmezdi. Annem haklıydı. "Yapacak bir şey yok annecim. Sen boşanmak istiyor musun? İstiyorsan yanındayım, beraber çalışır hallederiz her şeyi, canını sıkma sen. Ben halledeceğim faturaları." dedim, koştum gittim faturaları aldım ve anneme gösterdim "Bak nasıl hallediyorum ben şimdi." diye. Annem bana "Nereye oğlum?" diyene kadar ben çoktan evden çıkmıştım bile...

Kafam da güzel değildi ama çıkmıştım, neyime güvendim ben de bilmiyorum gerçekten. Binadan çıktığımda anlamıştım ödeyemeyeceğimi çünkü maaşıma on gün vardı. Hoş, maaşı alsam ne olacak ki neye yetecekti? İlk büyük sıkıntı, ev sahibimizdi. Ahmet Abi'ye döndüm tekrar, çaldım kapısını. "Ahmet Abi, bizim ev sahibinin numarası bende yok, verir misin?" dedim. Aldım numarayı, çevirdim direkt. O sevdiğim güzel telefonumla son görüşmelerimdi, tadını çıkarmalıydım, yapılması gerekenleri yapmalıydım. Ev sahibini aradım. "Selamünaleyküm." dedi. "Aleykümselam abi." dedim, "Ben Aslan, nasılsın?" Tanıdı hemen. "Kötü bir şey yok, değil mi?" diye sordu. Duygulandım. Yani adama borcumuz var ama adam benim aramamdan bir sorun olduğunu düşünüp, borcunu değil, bizim iyi olup olmadığımızı soruyor. ALLAH herkese böyle ev sahibi nasip etsin, diyerek devam edeyim... Sorunları biraz anlattım; sıkıştığımızı, ablamı yeni evlendirdiğimizi, kardeşimin askerde olduğunu ve babamın gittiğini... Hiçbir şey demedi. "İki kira bedeli kadar bir ücret getireceğim ama bizi sıkıştırma, bir süre yardımcı ol. Bizde paran asla kalmayacak." diyerek söz verdim, o da kabul etti. "Düşmez kalkmaz bir Allah, olur böyle şeyler, canını sıkma." diyerek birkaç da öğüt verdi sağ olsun ama kafam o an ne öğüt ne de başka bir şey almıyor ya da kaldırmıyordu. Aslında kafamı yerden bile kaldıramıyordum sanki gökyüzüne küsmüş gibiydim.

İki kira bedelini Aslan nereden bulacaktı peki? Dedim ya son telefon görüşmelerim diye... O sevdiğim, hattımın üzerine aldığım, taksitleri dahi bitmemiş olan güzel telefonum satılacaktı tabii ki...

Binamızın biraz ilerisinde, sürekli gittiğim bir büfe vardı, sahibi arkadaşımdı. İyi biriydi ama düşünceleri farklıydı benden, o yüzden birbirimizi sevsek de tam anlaşamazdık.

Dua etmeyi kendinden esirgeme,
bil ki kaderin avuçlarında.
Kaldır ellerini semaya, başla duaya...
Rabb'im isterse her şey değişir bir anda, unutma...

Elimde faturalarla ve kira düşüncesiyle büfeden içeri girdim. İlk cümlem, "Telefonu satmam lazım kanka." oldu. "Oğlum ne oluyor girer girmez, ne oldu?" diye sordu. "Boş ver oğlum." dedim, "Acil satmamız lazım, ne kadar eder?" falan derken, telefonu benden o satın aldı; zaten gözü de vardı inceden. Büfeye ekmek ve sigara borcum vardı, "Onları da düşelim." dediğinde "Olmaz." diyemedim. Kalan parayı aldım ve orada oturmaya devam ettim çünkü para sadece iki kiraya yetiyordu ve ev sahibine "İki kira vereceğim." demiştim ama faturaları da ödemem gerekiyordu, telefon da almam gerekiyordu insanlarla haberleşmem için... Haberleşme derken; keyfî ya da gezmek için falan değil, para bulmak için telefon şarttı çünkü teknoloji çağında yaşıyorduk, mektup atmak falan yoktu, birine ulaşmak için aramam gerekti. Hemen dedim ki "Kanka, senin eski telefonu bana kısa süreliğine ödünç verir misin ben telefon alana kadar?" dedim, o da "Tamam." diyerek hemen telefonu verdi. Hattı içine taktım. Telefondan kısa süreliğine yırtmıştım. Tam hattı açtım, pin kodunu girdim, askerden kardeşim aradı...

"Ah kardeşim ah, tam zamanında aradın. Askerdesin ama sana çok ihtiyacım var. Benim adım Aslan ama aslan sensin, çık gel aslan kardeşim benim; elim, kolum, ayağım..." diyemedim. Kardeşime sevgimi çok gösterebilen bir yapım yoktu. Onu çok seviyordum ama sevgimi nasıl göstereceğimi bilmiyordum, o yüzden aramızda hep bir mesafe vardı. O ise bana saygısını hiçbir zaman yitirmedi; aslan kardeşim...

Açtım telefonu, tabii hiçbir şey çaktırmadan konuştum. "Nasılsın, iyi misin? Bir eksiğin var mı?" diye sorarken boğazım düğümlendi çünkü "Abi sigara param yok." dese ne yaparım diye düşünürken, o soruyu sordum, o cevabı da aldım. "Abi, biraz harçlık yollar mısın?" dedi, "Tamam, hallederim." dedim ama derken kahroldum; yoktu yok, diyemedim! Başıma öyle bir şey gelmişti ki daha idrak bile edemiyordum, tabiri caizse yirmi iki yaşında aile reisi olmuştum resmen. Ne yapacağımı da bilemeden büfede oturmaya devam ediyordum. O arada arkadaşım bana bir kahve koydu, içerken elimde faturalara dalmışım, bana seslenmesini bile anlamamışım. O an içimden dedim ki "Allah'ım, bana öyle bir para ver ki şu faturaları hiçbir zaman düşünmeyeyim." Böyle kara kara düşünürken "Aslan, Aslan, Aslan!" sesine bir anda irkildim, uykudan uyanmış gibi olmuştum. "Ne oldu lan?" dedim, o da bana aynısını sordu. "Asıl sana ne oldu? Beş dakikadır sesleniyorum dönüp bakmıyorsun. Söylesene derdin ne senin?" dedi. "Anlatırım, hadi görüşürüz." diyerek çıktım. Ya kimse de demiyor "Aslan nereye?" diye. Gidecek yerim yok, aklıma bir yer dahi gelmiyor ama hemen ev sahibini aramam gerekiyordu. Numarayı çevirdim, açtı ve "Abi iki kirayı hallettim. Neredesin, gelip vereyim." dedim. "Yok yok, gelmene gerek yok. Ben sana hesap numaramı mesaj atayım, oraya yatır." dedi, ben de "Tamam." dedim. Mesaj geldi, ATM'nin yolunu tuttum. ATM'den parayı yatırmaya çalışırken bankanın kestiği parayı görünce vazgeçtim işlemden, tekrar aradım ev sahibini çünkü git gel daha az para tutacaktı; neredeyse yarı yarıya. O anda öyle bir ince eleyip sık dokuyordum ki bir ekmek parasını dahi düşünmek zorunda olduğumu idrak edebilmiştim. "Ben yanınıza gelip vereyim." dedim. Adresi istedim ve yola düştüm. Gittim parayı verdim. Parayı verdiğimde, "Bu kadar kısa sürede nasıl buldun sen bu parayı? Babanın vermediğine eminim." dedi. Telefonumu sattığımı söyleyemedim yanlış anlaşılır diye, "Birikimim vardı." dedim ama anlamış olmalı ki "Şöyle yapalım..." dedi, "Bir kira alayım ben senden, benim şu an durumumda sıkışıklık yok. Bunu da bu ayın kirası olarak sayalım, sen durumları düzeltince bana dört kira birden ödersin." dedi. Ben "Hayır." dedim ama demek istemiyordum aslında. Ev sahibi, "Ben senin abinim, böyle olmasını istiyorum." dedi, bir kirayı bana geri verdi. Oradan çıktığımda beynim ferahlamıştı sanki, "Çok şükür." dedim kendi kendime, çok şükür... Dolmuş durağına doğru yürürken, yine kendi kendime, "Allah kimseye kaldıramayacağı yük vermezmiş Aslan. Sen bu yükü taşırsın, sen güçlüsün çünkü Allah, kaldırabileceğini düşündüğün için seni bu duruma soktu. Sen Allah'tan daha mı iyi bileceksin?" diye söyleniyordum, fikrimin tam ucuna tutunmuş bir kıssadan hisse geldi aklıma...

Hz. Mevlana bir gün eve gelir, oğlunu üzgün bir şekilde görür ve sebebini sorar. Oğlu, "Hiç." diye cevap verir. Hz. Mevlana dışarı çıkar. Kapıda asılı bir kurt postu vardır, onu alıp üstüne giyer, ellerini havaya doğru açıp ulamaya başlar bir anda. Oğlu babasının bu hâline bakıp güler, kahkaha atar. Hz. Mevlana, "Evladım gördün mü?" der, "Dünya dertleri de işte böyledir. Kurt aslında korkutucu bir hayvandır ama sen o postun altında babanın olduğunu bildiğin için korkmadın ve güldün. İşte dertlerin arkasında da Rabb'inin olduğunu bil ve ona güven!"

Dolmuşa binmeden önce kardeşime para yatırmam gerekiyordu, koşa koşa gidip orada bir ATM buldum, kardeşime para yolladım ama bir hafta ya yeter ya yetmez, buna eminim. Çok yediğinden ya da çok harcadığından değil, o para askerde ancak o kadar yeter. Neyse... Döndüm dolaştım evin oraya geldim ama beynim öyle doluydu ki anlatamam. İnanır mısınız o dolmuşta ne düşündüğümü dahi hatırlamıyorum. Bir rahatlama gelmişti çünkü ev sahibini ve kardeşimi halletmiştim. Şimdi sırada faturalar vardı. Doğalgaz kesilmişti, elektrik kesilecekti, su faturasının ne hâlde olduğunu ise inanın bilmiyordum bile... Şimdi siz şunu da düşünüyorsunuzdur: Yahu arkadaş, hiç mi akrabanız yok, hiç mi arkadaşınız yok? Doğru, haklısınız ama düşünün de görün, etrafınızda kim var... Baba tarafından akrabalarım her zaman bize uzaktı, hiçbir zaman yanımızda ya da yakınımızda olmadılar. Babamın gittiğini duymadılar mı sizce? Duymuşlardı tabii ki ama kim aramıştı? Kimse. Annemi aradılar mı tabii bilmiyorum, gidince soracağım ama aramadıklarına eminim. Anne tarafı ise zamanında çok yardımcı oldu fakat şu anda oradan hiç kimse maddi açıdan yardımcı olamazdı, herkes bizimle neredeyse aynı durumdaydı yani yardımcı olabilecek durumları yoktu.

Arkadaşlara gelince... Çok sevdiğim iki arkadaşım vardı arayabileceğim; Hüseyin ve Serhat fakat Hüseyin'in babası geçen hafta vefat etmişti, arayamazdım böyle bir şey için çünkü zaten onların da durumu iyi değildi. Babası öldükten sonra da onlara borç kalmıştı; Hüseyin tek çocuk olduğu için annesine bakmakla yükümlüydü artık... Onun yanında olmam gerekiyordu ama bu zamanlarda olamıyordum. Ben de kendimi ölü saydığım günlerde onun derdini unutuyordum. Hata ediyordum ama elimden gelen, tek yapabildiğim, arayıp her gün "Bir şey yapabilir miyim? Bir şeye ihtiyaç var mı?" diye sorabilmekti. Hüseyin de biliyordu onun yanında olmak istediğimi; içimi dışımı, her şeyimi bilen arkadaşıma kendimi anlatacak hâlim yoktu, kötü bir niyetim yoktu...

Diğer arkadaşım, Serhat Abi'm, yeni evlenmişti hatta evleneceği, düğünü olacağı hafta işten çıkarılmıştı. Başkasının hatası onun üzerine kalmıştı. Ne diyecektim ki? Sonuçta işi gücü yoktu. Nasıl evlendiğini de biliyordum; borç harç içinde. Düğünde takılanların dahi borcunu kapatacağını düşünmüyorum. Düğününe bile gidememiştim en yakın arkadaşımın, abi dediğim insanın. Bana o kadar iyilik yapmıştı ki, bir şey takamayacağım için utancımdan gidememiştim. Asla ve asla onu düşünmeyeceğini biliyordum fakat kendime yedirememiştim çünkü ayağımdaki botları, ben üç yıldır hiç ayakkabı almamışken, ayaklarım ıslanıyor diye iş yerinde para toplayıp o almıştı, hiç unutamam o iyiliğini. Daha birçok iyiliği var fakat en çok dokunanı buydu. Düğününde ona küçük de olsa bir şey yapamamak çok ağrıma gidiyordu. Yani kısacası; kimseyi arayamazdım. Telefon bekliyordum biri arar sorar diye ama bekliyordum sadece...

Akıl almak için dahi kimseyi arayamıyordum; kötü, vahim bir durumdu ve aklımın bununla başa çıkması gerekiyordu. Eve gittim ama anneme güzel haber vereceğim için böbürlenerek gittim. Eve girdim ve hemen anneme koştum. "Anne, kirayı hallettim, kira tamamdır.

Kardeşime harçlık da gönderdim, o da tamamdır..."

Ama annem birazcık gülümsemedi bile. Anlamadım, "Anne, duymuyor musun?" dedim. "Oğlum, su da bitmiş." dedi. Su faturalı değildi, kartlı idi. Su da bitmişti. Arkasına kartı sokunca biraz daha su veriyordu ancak bakiye olarak o da bitmişti...

"Üzülme, paramız var." dedim. Az kalan o parayı çıkarttım ve "On güne maaş alacağım, merak etme." dedim. "Oğlum, sakın üzülme." dedi. "Seni bilirim, ağrına gider böyle şeyler ama bazen hayat insanı bu durumlara düşürür ve alnının teriyle çalışmak hiçbir zaman kötü ya da ağrına gidilecek bir durum değildir." Anlamamıştım ama cümlenin sonunda, "Yarın temizliğe gitmeye başlayacağım. Bir arkadaşım vardı, onu aradım." dedi. Şimdi dışarıdan bakana, "Namusuyla çalışacak, bir şey olmaz." olarak gözüküyor olabilir, hatta birçok insanın çalıştığı bir iş, asla küçük görmem ama insanın annesinin böyle bir şey söylemesi ağrına gidiyor ve benim de gitmişti. Tekrar söylüyorum; küçük görmekten değil, zaten böyle bir şey de haddime değil ama annem ya annem... Elin tuvaletini temizlemeye gidecekti ve elimden hiçbir şey gelmiyordu, hem de hiç! "Ben odama gidiyorum." diyerek cevap verdim anneme ve odama gittim. O yastık var ya o yastık, yatağımdaki yastık; bir o bilir gözyaşlarımı, bir Allah, bir de ben... Ağlamak ayıp mı? Tabii ki değil ama delikanlı adamın ağlaması biraz zordur; herkesin önünde, her yerde ağlayamaz. Delikanlı adam onu zayıflık olarak görür kendinde ama ağlayacak duruma geldiğinde de borç bilir kendine onu; zamanı geldiğinde, yalnız kaldığında döker sessiz sedasız; bir yastığa, bir duvara, bir köşeye...

İçin ne kadar kırılırsa kırılsın unutma,
ALLAH kırık kalplerdedir...

Aradan biraz zaman geçtikten sonra tekrar ayaklandım, kendimi tekrar motive etmeye başladım, "Hadi Aslan, senin adın Aslan..." dedim, kafamda bir kurgu yaptım ve odadan çıktım. "Tamam anne." dedim, "Sen temizliğe gitmeyeceksin asla ama ben çözeceğim her şeyi. Bana biraz süre ver. Başaramazsam eğer, o zaman gidersin." dedim. Annem de çok üzüldüğümü anlayarak "Tamam." dedi ama ben işe gittikten sonra annem de temizliğe gitmiş, ben bunu sonradan duydum tabii. Temizliğe giderken üzülmeyeyim diye de "Teyzene gidiyorum oğlum.", "Komşuya gidiyorum." falan diyormuş. Annemden su kartını aldım, doğal gaz ve elektrik faturaları zaten bendeydi. Akşam olmuştu ve evde içmek için su ve ekmek yoktu. Büfeye gidip ekmek ve beş litre su alıp geldim. Yemeğimizi yedik ve annemle ayrı ayrı odalarımıza çekildik. Annem, "Ben dua okuyacağım oğlum, sen yat." dedi. Ben yatağıma girmeme rağmen uyuyamadım. En son uyuyakaldığımda gece saat 3 sularıydı sanırım. Sabah 10'da işe gittim ama işe gitmeden önce dolmuşta dolmuşçuya, bu dolmuşların akşamları yıkandığını bildiğimden, "Dolmuşları en çok nerede yıkıyorlar?" diye sordum ve o da bana adresi söyledi. Çalıştığım alışveriş merkezinin karşısında bir yerdi, yakındı yani çalıştığım yere. Öğle molamda direkt oranın yolunu tuttum. On beş dakikada yürüyerek varabildiğim bir yerdi. Gittim, görüştüm. "Akşamları gelip dolmuş yıkayabilirim." dedim. İşe üç gün 10'da gidip 6'da çıkıyordum, o günlerde gidip dolmuş yıkamak için anlaşmıştım. Eve fazla para getirmem gerekiyordu. Mesela o gün işten altıda çıkacağım için saat ona kadar dolmuş yıkayacaktım ama asıl yıkamalar, yani işin asıl yapıldığı saat 10'dan sonraydı, 6'dan 10'a kadar çok az dolmuş geliyordu ve kazandığım para ancak aylık ekmek, su giderimizi karşılayabilirdi ya da kardeşime askerde sigara parası olurdu ama yine de gitmeye karar vermiştim. İş yerinde ise suratımın asıklığından dolayı herkes soruyordu "Neyin var?" diye ama kimseye bir şey anlatmak istemiyordum çünkü beni tanısalar dahi hayat şartları ya da hayata bakış açıları beni anlayabilecek gibi değildi, öyle düşünüyordum. Yardımcı olabileceklerini düşünmüyordum ama bir fikir daha gelmişti aklıma: Müdürlere gelen hediyeleri alıp satmak...

Beni seven ve bana güvenen müdür yardımcılarıyla görüştüm ve ikna ettim. Onlara gelen hediyeleri alıp spot satan yerlere satacaktım, aradan da pay alacaktım. Biriyle anlaşıp hemen başlamıştım bile. Gelen hediyeleri akşam alacaktım ve satmak için ertesi gün bir spotçuya gidecektim. 6'da işten çıkıp dolmuş yıkamanın yolunu tuttum. Yolda yine düşünerek "Ne yapacaksın?" diye soruyordum kendi kendime. Aklıma düşen düşünceler o sıralar fesat fikirlerdi ama fesatlık asla yapamaz ve beceremezdim. Düşüncemi ve kalbimi temiz tutarak; Allah'tan ümidin kesilmeyeceğini düşünüyordum, sağlımızda zeval olmadığına şükrediyordum annemden öğrendiğim kadarıyla ve şunu biliyordum: Fesatlık veya öfke, pazarda satılan bir meyve olsa kimse satın almak istemez. O yüzden fesatlık veya öfkeyle hareket etmemeliydim. Güzel günlerin bittiği gibi kötü günlerin de bir gün biteceğini biliyordum. Aslında hazır da değildim bu durumlara çünkü deli dolu, kızlarla ilgilenen, boş bir hayatı olan biriydim ve boşluktan doluluğa hızla geçişte sorun yaşayacak fikirlere sahiptim fakat dediğim gibi, Allah kimseye kaldıramayacağı, taşıyamayacağı yük vermezmiş... O yük omzuma geldiğinde, ilk başta istemesem de hoşuma gitmese de hiçbir zaman gocunmadım, "Niye?" diye sorgulamadım çünkü "Ben güçlüyüm ki bana verdi Allah bu derdi. Kardeşime verse yapamazdı, ablama verse taşıyamazdı, o yüzden bana verdi." dedim, derdimin büyüklüğüyle övündüm. "Allah beni seçti." dedim. Bu imtihanı doğru, sağ salim ve hata yapmadan vermem gerekiyordu. Bu öyle bir imtihan ki dostlar; isim-soyadı yazılı, konu yazılı, yapacakların da yazılı ama sen göremiyorsun, sadece oynuyorsun senaryoyu ancak doğru oynarsan kazanabilirsin. Doğruluktan asla ayrılmadan kazanabilirsin çünkü kötü gün, insanları pususuna kolay düşürebilir. Doğru olursan eğer, akbabanın sessizliğini dahi duyabilirsin. İnsan ne olursa olsun kendi içinde doğruyu seçmeli her zaman çünkü güneşinin karardığını düşündüğün anda bile, hayata köşesinden ya da kenarından tutunabilirsin.

Tabii yaşam şartları, hayat zor diyoruz ama unutmayalım: Zor olacak ki imtihan olsun, değil mi?

Dolmuş yıkamaya gelmiştim. Hemen orada bir tulum ve su botlarını giydim ve başladım yıkamaya. Daha önceden oto yıkamada çalıştığım için su tabancasını tutmayı ve kullanmayı biliyordum ve dolmuş yıkamak normal araba yıkamaktan çok daha kolaydı. Her dolmuş başına ücret alacaktım, saat 10'a kadar çok dolmuş yıkamam gerekiyordu, hızlı hareket ediyordum. Oradakiler de şaşırmışlardı, pire gibiydim çünkü. "Neden saat 10'a kadar?" derseniz, annem işten 10'da çıktığımı biliyordu, üzülmesin diye ona dolmuş yıkamaya gittiğimi söylemeyecektim. Zaten saat dokuz buçuk olduğunda vücudumda güç kalmamıştı; çalışıyor olsam da dolmuş yıkamak güç gerektiren bir şeydi, ben ise hamdım ve her yerim tutulmuş gibi hissediyordum. Gece ya ağrıdan uyuyamayacaktım ya da pamuk gibi uyuyacaktım, arası yoktu, farkındaydım. Saat 10 olduğunda düşündüğümden daha fazla para almıştım. Oradaki şef benden çok memnun kalmıştı ve "Her gün gel." demişti. Eve gittiğimde saat 11'di ve bitik bir hâldeydim. Ertesi gün geç girişliydim ama sabah müdür yardımcısından hediyeleri alıp spotçuya götürecektim, erken kalkmam gerekiyordu. Annemle biraz sohbet ettim; iyi olduğunu, bugün komşuyla görüştüğünü söyledi ve bana faturaları sordu. Evde hâlâ su ve doğal gaz yoktu ve elektrik kesilmesine üç dört gün kalmıştı. "Yarın çözeceğim anne, merak etme. Benim yatmam gerek, çok yoruldum." diyerek odama geçtim. Yatağa geçtiğimde, size demiştim ya, ya ağrıdan uyuyamam ya da pamuk gibi uyurum diye... İlk başta ağrıdan uyuyamazken, bayılarak uyuyakalmışım. Sabah telefon sesi ile kalktım. Müdür yardımcısı gelmişti bile evin oraya, aşağıda beni bekliyordu. Hemen giyinip hızla çıktım, annemi görmedim bile. Hemen müdür yardımcısı ile görüştüm, hediyeleri kaça satmam gerektiğini falan konuştuk. Güzel bir pay kalacak gibi duruyordu bana. O durumda ne kalırsa kalsın güzeldi zaten, az çok demeden her işi yapabilirdim. Satmam gereken yerleri, nasıl ulaşacağımı falan her şeyi öğrendim kısacası. Taşımama yardım etmek için beni oraya bırakabileceğini söyledi. "Ben beklerim, sen gider satar gelirsin, sonra bırakırım." demişti çünkü evlerimiz birbirine yakındı. Yola koyulduk. Sohbet koyuydu. İyi birisi olduğunu düşündüğüm biriydi o da. Birbirimize sıkıntılarımızı anlatmaya başladık. Onun da ailesi ile sıkıntıları vardı, benim de. Ben anlattığımda çok üzülmüştü. Aramızda yaş farkı olmasına rağmen birbirimize iki dost gibi davranmaya başlamıştık. Bana bir abi, bir arkadaş gibi yaklaşmıştı, ben de o yaklaşıma kardeşlikle cevap vermiştim. O sıralar en çok ihtiyacım olan şeydi zaten bir abi profiliydi...

Spotçuya varmıştık. Gidip hediyeleri satacaktım. Aracı olacak başka bir arkadaş ile görüşüp dükkâna girdim. Dükkân sahibi donuk bir adamdı. Yani nasıl anlatsam, yaşanmışlıklar vardı suratının ifadesinde. Yüz çizgileri çok derin bir insandı; acıyla yoğrulmuş, orta yaşı çoktan geçmiş, çok badire atlatmış bir insana benziyordu ve çok az konuşan biriydi, muhabbet sevmiyor gibi duruyordu ama kanı bana ısınmıştı, elektriğimiz tutmuştu kısacası. Oturdum, çay kahve derken hediyeleri çıkartıp verdim, ücreti aldım. Biraz daha sohbet ettik ve her zaman getirebileceğimi ve alabileceğini söyledi. Ben bu duruma sevinmiştim çünkü hediyeleri düşündüğümden çok daha iyi bir fiyata satmıştım. Aslında satılan fiyatlar normaldi ama ben işi bilmediğim için ve para hediyelerden geldiği için bana çok geliyordu çünkü bir maaşım kadardı. Oradan çıkıp arabaya gittim, parayı müdür yardımcısına verdim. Çok mutluydum, alacağım bu para bana iyi gelecekti çünkü. Parayı alıp saydı ve "Sen payını aldın değil mi?" diye sordu. Ben de "Hayır abi, ne aldıysam getirdim. Zaten bu kadar almayacak mıydık?" diye sordum, "Evet evet." dedi ve aradan bir banknot çekip bana verdi. Verdiği para çok azdı, yani normalde beni buraya getirmemiş olsa, dolmuşla gidip gelecek olsam, dolmuş ve simit ayran almaya anca yeterdi ama hiçbir şey diyemedim fakat anlamamıştım ne olduğunu...

Yalnız kaldım sanma,

insanların dostluğu menfaatları kadardır anla!

Allah'tan beklersen dostluğu, arkadaşlığı;
yalın hâlde kalsan bile
asla yalnız kalmazsın...

Tekrar yola koyulduk ama spotçuya gelirkenki sohbetten eser yoktu, ikimizin ağzını da bıçak açmıyordu. Ben bozulmuştum, o da fark etti ki "Neden hiç konuşmuyorsun?" diye sordu, ben de direkt söyledim "Abi bu verdiğin para az değil mi?" diye. Bu soru karşısında afalladı, beklemiyordu sanki. Hemen ifadesi değişerek, "Özür dilerim ya, bilemedim." diyerek bir o kadar daha verdi. Yani anlamış değildim, cidden bozulmuştum ve ikinci kez bozuluyordum. Aldığım para nerede, sattığım para nerede, verdiği neredeydi... Yirmi tane hediye satmıştım ama o bana bir hediyenin onda birini veriyordu. Ben de artık ağzımı kapatarak düşünmeye başlamıştım çünkü tüm ümidim bu satışta idi. O arada öbür görüştüğüm müdür yardımcısı aradı ve hediyeleri satacağını söyledi, "O da böyle mi olacak?" diye düşündüğüm için sevinemedim bile fakat "Tamam abi." dedim. "Satarız.", "Hemen gelip alayım mı seni, neredesin?" dedi. Ev adresimi söyledim, oraya gelecekti. Evin oraya geldiğimizde direkt ayrılıp diğer müdür yardımcısını aradım. Onu beklerken söylene söylene bir sigara yaktım. Sabredemiyordum, sabırsızdım; dertler tasalar üst üste gelmişti ve gerçekten sıkışmıştım. Hele ki annemin temizliğe gittiğini bilsem daha da kahrolurdum. Hele şükür müdür yardımcısı beni almaya gelmişti. Bu daha sıcakkanlı gibiydi ama darbe yemiştim, o yüzden diğerine davrandığımdan daha soğuk davranıyordum. Anladı ve "Aslan ne oldu, canın burnunda gibi?" diye sordu hafifçe gülümseyerek. "Abi boş ver ya, işler güçler." diye cevapladım. Bana, rahat olmamı ve gerçekten para kazanacağımı, hediyelerden gelen paranın kendisi için değersiz olduğunu ve onun kazancı kadar kazanacağımı ve arka koltuğa bakmamı söyledi. Arkaya baktığımda gözlerime inanamadım çünkü bayağı hediye vardı ama "Sakin ol." diyerek devam etti, "Hepsi satılmayacak, bir kısmı satılacak ama zaman zaman daha da çok gelecek, daha da çok satacağız, daha da çok kazanacağız." dedi. Gülümsedim. Gerçekten içten, samimi bir gülümseme yansımıştı beton suratıma...

Yoldayken çok muhabbet ettik. Geçmiş zaman, çok hatırlamıyorum ama samimiydik gerçekten ve spotçuya gelmiştik. Tekrar spotçunun yolunu tuttum, bu sefer elimde iki çanta hediye vardı, daha öncekinde bir çanta götürmüştüm. Spotçu beni görünce şaşırdı, "Daha yeni gelmiştin, hayırdır, sıkıntı mı oldu?" diyerek karşıladı. Biraz tedirgin oldu, nedenini anlamamıştım ama hiçbir şey olmadığını söyledim ve "Bana, ne zaman istersem hediyelerden getirebileceğimi söylemiştin." dedim. Oturdum, "Kahve içerim abi." dedim, su da rica etmiştim, ağzım dilim kurumuştu çünkü ve fazlasıyla yorgundum. Direkt çantaları açıp hediyeleri gösterdim, spotçunun gözleri fal taşı gibi açılmıştı. "Hoba, hazine!" diyerek bakıyor ve "Nereden buldun hemen?" diye soruyordu. "Üzümünü ye bağını sorma abi sen de aaa!" diyerek gülümsemiştim. Hemen hediyeleri saymaya başlamıştı ama üstünde para olmadığını, beni bekleteceğini, bankaya gitmesi gerektiğini söyledi. Resmen zaman ile yarışıyordum. "Tamam abi ama hızlı olur musun?" dedim. Gittiğinde mağazaya göz ucuyla baktım; küçük, tenha, sakin ama sabit müşterisi olan ve mağazalardan yüzde kırk indirimli satış yapan, hediyelerle kendine bir sektör oluşturmuş güzel bir abiydi, kalbinin tertemiz olduğu belliydi. Mağaza hoşuma gitmişti, "Maşallah." diye söyleniyordum kendi kendime ama işe geç kalacaktım, geç kalırsam maaşımdan para kesilme ihtimali vardı, artık her ihtimali göz önünde bulunduruyordum. Sonra spotçu geldi, parayı verdi, ben de direkt arabaya doğru hızlı adımlarla ilerlemeye başladım. Beynimde fikirler uçuşuyordu: "Keşke iki üç günde bir böyle olsa.", "Keşke her götürdüğüm bana çok para verse." Keşke, keşke, keşke... Yanlış yapıyordum ama fark edemiyordum çünkü ALLAH der ki "Hiçbir kulum kimseden ayakkabı bağcığı bile istemesin, benden istesin, ben veririm." Ama o an hiçbir şey gelmiyordu aklıma "ALLAH'ım yardım et." demekten başka. Yardımları yanlış yerlerde aradığımın farkında değildim. "İnsanoğlu çiğ süt emmiştir." derler, doğru da derler; sen de ben de dostum, herkes çiğ süt emdi annesinden...

Arabaya vardım, parayı uzattım ama almadı. Döndü, "Kendi payını kendin belirle, ihtiyacın kadar alabilirsin." dedi. Şaşırmıştım, kim kime der Allah aşkına böyle bir şey? Şaka yaptığını falan sandım, algılayamadım başta ama ciddiydi. "Hadi oğlum, ne kadar alacaksan al, gerisini ver de sayayım ben de keyifli keyifli." diyordu fakat orada çok para vardı, neredeyse iki maaşım kadar. Bazı insanlara bu tutar çok gelmese de şu anda bana ilaç olacak ve derdime derman olacak kadardı, hepsi elimdeydi ve ne kadar almam gerektiğini kendim belirlememi söylüyordu abi. "Ben yapamam." dedim, "Hakkım olan neyse sen ver." diyerek paraları tekrar uzattım, gülümsedi. "Oğlum, böyle olursan ticarette çok ezilirsin. Ticaret senin sandığın kadar dürüst ve doğrucu değildir, işine geleni yapmaktır. Senin işine ne geliyorsa onu yapacaksın, işine gelmeyen şey için kendini riske atmayacaksın." dediğinde aklıma tak diye o soru takıldı: Bu işte risk neydi, onu bilmiyordum. Paradan önce riski sordum, "Abi ne riski var?" diye, tekrar gülümsedi. "Aslan, iyi misin sen? Spotçuya hediyeleri götürüp veriyorsun. Bunu birisi görse işten atılırsın, hediye sonuçta bu. Tamam, illegal değil ama normal karşılanmıyor bizim sektörde." dediğinde beynimden kaynar sular dökülmüştü. Ne yapmıştım ben? Bilmeden etmeden, gidip hoş karşılanmayacak bir işe kalkışmıştım sıkıştığımdan dolayı. Hiçbir riski de yok gibi gelmişti, düşünmemiştim o an hiçbir şey; sadece paraya ihtiyacım vardı ve bu işi yapmıştım; gerisini, ötesini, gelmişini, geçmişini, hiçbir şeyini teraziye koyup tartmamış ve düşünmemiştim. Şu anda ise sadece riski düşünüyordum. Ne faturalar ne para, aklıma hiçbir şey gelmiyordu. "Sakin ol, sakin." diye seslendi bana, tekrardan kaldırdım kafamı. "Güvenilir kişilerle bu işi yaptığın sürece kimse duymaz, rahat ol. Duysalar da altı üstü işten çıkartılırsın, tekrar devam edersin başka yerde." dedi ama işten çıkarsam ne yapacaktım, düşünmek dahi istemiyordum. Dertler derya, ben de sandal, yüzüyordum üstünde işte şarkıda dediği gibi. Devrilip batmak da var bu deryada ama ben hiç bu ihtimali göz önüne almamıştım. Tekrar, sığınmam gereken yere, yani dara düştüğümde hatırladığım, mutluyken aklıma gelmeyen Rabb'ime sığınmıştım "Yardım et." diye. Sonra sormadan edemedim kendi kendime: Sen mutluyken, sağlığın yerindeyken, derdin tasan yokken Allah'a şükür etmez dua etmezsin de dara düştüğünde, dertler derya olduğunda mı Rabb'ine sığınırsın be Aslan!" dedim. "Rabb'in kabul eder mi?" Sonra cevapladım sorumu: "Evet." dedim, "Kabul eder çünkü ALLAH EN ÇOK BA-

ĞIŞLAYAN, EN ÇOK AFFEDENDİR." Yine kendime bir tutunacak dal bulmuştum beynimde...

Yola devam ederken müdür yardımcısı parayı sayıyordu ve bana çıkarıp bir miktar uzattı. "Al kardeşim, bu kadarla idare et. Pay bölümünü bana bıraktın madem, ben de abi kardeş payı yaptım kendimce." dedi. Parayı saydığımda gördüm ki gerçekten paranın dörtte birini bana vermişti, abilik yapmıştı, gözlerim dolu dolu oldu. O an paraya değil, bana böyle davranmasına gözlerim dolmuştu çünkü ben çok abilik gören, babalık gören, dostluk gören bir insan değildim; dedim ya, akrabalarım bile aramadı, siz düşünün... İnsan düştüğünde dostu yoktur, kim ne derse desin kimse yanında olmaz fakat kimseye de ihtiyacı yoktur insanın, ALLAH'tan başka. Eğer Allah sizinleyse, bütün dünya birleşse de sizi yenemezler. Ne diyor Fil suresinde? "Bizde ALLAH isterse, kuşlar filleri yener." Allah o anda bana yardıma koşmuştu, fark etmiştim bunu. Elimdeki parayı saydıkça sayıyordum, en az üç dört kez saydım ve o ses, "Oğlum sayıp durmasana ilk defa para görüyormuş gibi." dedi. Diğer arkadaştan kazık yediğim için bu arkadaşa hiçbir şey anlatmamıştım sıkıntılarım hakkında. Herkese sıkıntılarının anlatılmayacağını diğer arkadaş çok güzel öğretmişti bana. Güvenmek, güvenilmek duygusunu bu arkadaşta daha iyi tatmıştım ve ne olursa olsun yapılan işlerde, ticarette abi kardeş payının yapılması gerektiğini, bir insanın üzerinden para kazanıyorsan eğer, o insana bakman gerektiğini öğrenmiştim.

Olaylar bana artık sadece ders gibi geliyordu sanki. "Hangisinden ne çıkarabilirim?" diye bakıyordu beynim. Belki de büyüyordum; olgunlaşıyor, meyve oluyordum. İşe yetişmem gerektiğini söyledim. "Abi hızlan, geç kalacağım." dedim ve hızlandık. İşe giderken o arabanın güzelliğini hissettim. Diğer müdür yardımcısında da çok güzel bir araba vardı, gerçi biz binmediğimiz için orta derecede bir araba bile lüks gibi gelebiliyordu. İçimden "Maşallah." diyordum, araba hızlandıkça hafifçe de korkuyordum. Bir an bir arabaya çok yakınlaşır gibi olduk ve yan koltukta otururken, ayağımla olmayan frene bastığımda gülmeye başladı arkadaş ve "Oğlum korkma lan, durur bu. Oradan frene basamazsın. Hızına göre durdurma da yapmışlar buna, merak etme." dedi ve buna kahkaha ile karışık bayağı bir güldük. Beton suratım gülüyordu güzel güzel...

En sonunda iş yerine varmıştım. Parmak basma cihazı vardı. Eğer geç kalsaydım, dediğim gibi, maaşımdan kesilecekti. Bu korkuyla son bir dakika kala bastım parmağımı cihaza. O tasayı da kafamdan çıkarmıştım, şimdi düşüncem faturalardı. İşe kendimi veremiyordum. Aslında yaptığım işte, mağazada yeni olmama rağmen, bir yıl bile dolmamasına rağmen mağaza birincisiydim. Satışta hızlı öğrenen biriydim ve işimiz lüks markaları satmaktı. İngilizce, Almanca isimleri okuyana kadar, öğrenene kadar göbeğim çatlamıştı çünkü ben İngilizce hiç bilmiyordum, öğrenmemiştim, derslerden hep kaçmıştım, hep de zor gelmişti o dersler bana ama alışveriş merkezinde bir mağazada bile çalışırken ihtiyacım olacağını hiç düşünmemiştim. Sürekli kendime ders çıkarır olmuştum gerçekten. "Ah Aslan, vah Aslan..." diye diye geçiyordu günler... Bana böyle geçen günler anneme de böyle mi geçiyordu peki?

Kadının evinde su yok, gaz yok, elektriğin kesilmesine üç gün kalmış, kira derdi var, oğlu askerde, kızını evlendirmiş, kocası da gitmiş... Bir ben kaldım, bir de anam...

Annemde şöyle bir şey fark etmiştim: Ondan hiç kötü bir söz duymamıştım; ne isyan ne de başka bir şey. "Neden?" bile dememişti. Evet, üzgün olduğu her zaman yüzünden belli olurdu ama yine de tebessümü eksik etmezdi. Belki de bundan dolayı bu kadar zorluk içerisinde kendimi güçlü hissedebiliyordum. Anneme ne zaman "Ne yapacağız?" desem, "ALLAH bizimle." der geçerdi. Annemden en iyi öğrendiğim şey; belki de Allah'a sonsuz güvendi.

Bana göre, yani benim yaşıma göre çektiğim bu dertler çok fazla gelse de o yaştaki insan için, yani annem için daha ağır olmalıydı. Yine de güzel yüzünde, ay yüzünde tebessümü hiç eksik değildi. Aklım her saniye güzel annemdeydi...

Herkesin annesi kendine güzeldir, herkesin annesi kendine özeldir, herkesin annesi bir tanedir aslında. Bütün anneler çiçektir, cennet onların ayaklarının altındadır. Anne olmak bir meziyettir ya, herkes anne olamaz, herkes o konumu taşıyamaz. Çocuk doğurmakla anne olunmuyor, bunu her gün haberlerde izleyebiliyoruz. Anne olmak başka bir şey... Kime sorarsam sorayım, annesine olan sevgisini anlatamaz. Tarifi olmayan bir şeydir anne, aşkların en güzelidir; anne candır, canandır; anne sadakattir, saygıdır; anne yürümeyi öğrenmektir, anne konuşmayı öğrenmektir; anne büyüdüğünde karşındaki insana nasıl davranacağını bilmektir; anne sevgiyi öğretendir; anne hayattır, anne güneştir; anne her şeydir kısacası... Hele ki bir erkek için anne çok başka bir şeydir. Ben annemi çok seviyorum ve bunu geç kalmadan birçok kez söylüyorum; sen de dene. İnan anneler o kadar çok kahrımızı, derdimizi çektiler ki iki güzel cümleyi her gün duymayı hak ediyorlar. Her zaman aklıma gelir şu kıssadan hisse:

Sabaha karşı üç buçuk gibi evin telefonu çalar. Adam, uyku sersemi telefonu açar, telefondaki ses annesine aittir. Korkar ve başına bir şey geldiğini düşünerek endişelenir. Annesi, "Nasılsın, iyi misin oğlum?" diye sorar. Oğlu şaşkın bir ifade ile "İyiyim anne. Hayırdır, bir şey mi oldu? Siz iyi misiniz?" diye sorar. Annesi, "İyiyiz, bir şeyimiz yok oğlum. Sadece sesini duymak istedim." der. Oğlu da "Anne bunun için mi aradın? Saat sabahın üç buçuğu, yarın da konuşabilirdik." Annesi oğlunun o çıkışına, "Rahatsız mı ettim oğlum?" diye kırık bir sesle sorar. Oğlu aslında annesini asla üzmek istemese de gecenin bu vaktinde uyandığı için bir anlık gaflet ve sinirle, "Evet anne, rahatsız ettin." diyerek cevap verir. Bunun üzerine anne, "Otuz sene önce sen de beni bu saatte rahatsız etmiştin oğlum. Doğum günün kutlu olsun." der ve telefonu kapatır.

Buradan kim ne çıkarır bilmiyorum ama ne zaman okusam, aklıma gelse gözlerim dolar. Sizin de doluyordur inşallah diyorum. Anneler özeldir, bunun tarifi yoktur, izahı yoktur, ölçüsü yoktur... Ben ise küçüklüğümde anneme diğer kardeşlerimden daha fazla düşkündüm, ben çok hatırlamam ama ablam ve annem hep anlatır. Küçük bir anımı sizinle de paylaşmak istiyorum.

Siz deyin yedi yaşında, ben diyeyim sekiz yaşındayken ki annem dokuz yaşında olduğumu söyler; 10-15 tane patatesi almışım, (Çocuk aklımla altı kişi ancak o kadar yer diye düşünmüşüm herhâlde.) elime bıçağı alıp hepsini gece yarısı herkes uyurken soymuşum, üstüne de küçük bir not yazmışım:

"*Güzel annecim, hep senin mi ellerin yorulacak? Biraz da benimki yorulsun. Seni çok seviyorum.*" diye. Annemin bize yemek yapması onun için bir görev gibi sayılsa da bendeki o vicdan o yaşta belirmişti anneme karşı. Kıyamamıştım...

Bunun tarifi olur mu?

Anneme daha güzel bir hediye verebilir miydim sizce?

O anı hep annemin hafızasında. "İyi ki yapmışım ya!" diyorum şimdi ise kendime...

Ve unutmayın ki hiçbir şey için geç değil. Annelerinize güzel sürprizler yapın; yaptığınız sürpriz küçücük de olsa onlar ona ne kadar seviniyor bir bilebilsek, bilemeyiz. "Anne olmadan anlayamazsın." der annem. Ben erkeğim, anne olamayacağım ama baba olduğumda belki küçük de olsa anlarım evlat sevgisini...

Hoş, baba olacak mıyız onu da Allah bilir...

Size içimi döktüm biraz. Tekrar konuya gelelim...

Su için karta kontör yükletecektim, elektriği ve doğal gazı yatıracaktım ama para yetmiyordu dört aylık biriktiği için. Az bir su alabildim; bizi bir ya da iki hafta idare edecek kadar. Doğal gazı açmaları için bütün faturaları ödemem gerekiyordu, ona para çıkışmıyordu. Elektriği kesmemeleri için de son faturayı ödemem gerekti, son faturayı ödedim ve elimde biraz para kaldı. Ben de hesap yaptım, "Maaşımı alınca hepsini öderim." diyerek ev alışverişi yapmaya karar verdim o kalanla da...

Mağazadaki samimi olan arkadaşlarımdan biri yanıma geldi. "Kara kara ne düşünüyorsun oğlum? Satış da yapmıyorsun, prim alamayacaksın. Kasadan satışa baktım, bugün bir tane bile satış girmemişsin. Bak sıkıntı yapacaklar sana." dedi. Gerçekten hiçbir şey yapmamıştım; ne müşteriyle ilgilenme ne raflarla ilgilenme ne de temizlik... Hiçbir şey yapmamış, saatlerdir oradan oraya dönüyor, dolaşıyordum. Kimseyle konuşmuyor, sadece düşünüyordum. Müdürün dikkatini çekmiş olmalı ki beni odasına çağırdı. "Aslan sende ne sıkıntısı var anlamadım ama hemen kendine çeki düzen ver ve işe koyul. Sıfır satışın var ve kimseyle ilgilenmiyorsun." diye bir sürü söylendi kısacası...

İnsan sorar değil mi? "Bilmiyorum ama..." deyip geçilmez, geçilmemeli...

Ben burada bunu öğrenmiştim. Birine böyle bir şey olduğunu hissedersem sormam, irdelemem gerektiğini öğrenmiştim. Tekrar işe koyulmuştum. Birkaç satış yaparak günü geçirmeyi planlıyordum. Resmen işten çıkmak için saatin akşam 10 olmasını bekliyordum. Yarın işten 6'da çıkıp dolmuş yıkamaya koşa koşa gitmenin planlarını kuruyordum kafamda. Biraz önce "Anneme günler nasıl geçiyor acaba?" demiştim ya... Annem temizlikteydi ama ben bilmiyordum. Dediğim gibi komşuda, teyzemde, Kur'an okumaya gitmiş ya da camide oluyordu. Bana söylenenler bunlardı. Akşam eve gidip, anneme sürpriz yapıp "Su aldım." demeyi, "Elektriği çözdüm." demeyi ve "Doğal gazı da maaş aldığımda çözeceğim." demeyi her şeyden çok istiyordum. Ve saat 10 olmuştu. Çıkmış, dolmuşa binmiştim. İçimdeki kelebekleri durduramıyor, hızlı hızlı gitmek, ışınlanmak istiyordum. Böyle sevinçleri yaşamayı o kadar özlemişim ki anlatamam size ve ben buradan tekrar ders çıkarıyordum kendime: Kötü gün gelmeden güzel günün değeri anlaşılmıyordu. Siyahın güzelliği beyazda, beyazın güzelliği siyahta gizliydi. Siyah olmasa; beyaz, beyaz olamaz. Beyaz olmasa; siyah, siyah olamaz. Kötü gün olmadan güzel gün olamaz. Güzel gün olmadan kötü gün olamaz. Ne kadar farklı bir döngüydü ve biz insanlar için mükemmel tasarlanmıştı. Büfeye koştum, ufak tefek şeyler aldım. Bir litre yağ, ekmek, anneme sigara, bana sigara, peynir, zeytin, bir de annemin sevdiği krakerden; kendime bir şey almak içimden gelmiyordu. Koşa koşa çıktım. Işıklar sönüktü, uyuduğunu düşünmüştüm annemin. İçeri girdim, annem mutfakta mumu yakmış oturuyordu. "Anne ne oldu?" dedim. "Elektriği yatırdım ben oğlum." dedi. "Ama beşinci aya girilmiş, o yüzden adamlar bekleyememiş. Bugün geldiler, kestiler. Bir fatura ödemek çare etmiyormuş." dedi ve ağlamaya başladı. Faturayı ödediğine mi yanarsın, güzel gözlü annemin ağladığına mı? İnsan öyle bir duruma geliyor ki... Ama güçlü olmak zorundaydım. Nasıl anlatabilirim ki size? O evin direği, o evin temeli bendim. Ben yıkılırsam her şey kökten gidecek gibi geliyordu bana. Kendimi yıkılmaması gereken bir kale gibi görüyordum. "Yandım!" bile diyemiyordum, inanır mısınız?

Anneme sarıldım, ben de ağlamaya başladım. "İnan yeneceğiz bunları." diyerek, "Bana güven, ben yanındayım." diyerek teselli etmeye çalıştım ama ne mümkündü inandırmak? Ama güçlü olduğuma annem inanmıştı. "İyi ki varsın." diyerek o da bana sarılmıştı. Fermanım verilmiş gibi hissediyordum biliyor musunuz? Ders çıkarsam da her şeyden kendime; zarar gördüğümün, ruhumun yıprandığının farkındaydım. Büyüyordum, acı ama gerçek. Aslan adam oluyordu. Yirmi iki yaşında, akranlarından farklı bir hayatı vardı. Annemi sakinleştirip elimdekileri gösterdim, birazcık tebessüm etsin istedim. Teşekkür etti, sigarayı aldı, "Sabahtan beri içmedim, bir tane içeyim." dedi. "Alamadım oğlum." diyemedi. O diyemedi ama ben içime tane tane gözyaşlarımı akıttım. Gözyaşı nedir biliyor musun? Gözünden akan yaş değildir arkadaş; içine akandır, içine. Hissedersin o yaşı, kalbine güm diye düşer. Düşer ciğerine; yakar, yıkar, kül eder orayı da gık diyemezsin. Ortadan ikiye ayırır içini de bir ses edemezsin; "Düşme dur." diyemez, engelleyemezsin. Olacaktır o, parçalayacaktır her yerini... Gözyaşı budur. "Ağladım." dediğinde bir daha düşün... Aklımın uçup gitmesini izliyordum gözlerimin önünden, bomboştu beynim o anda. Annemin sigarasını bitirmesini bekliyordum odasına götürmek için ve bitince götürdüm, yatırdım, üstünü örttüm ve dedim ki anneme, "Anne, ben karta su yükledim, en az iki üç ay idare eder bizi, merak etme. Doğal gaz ve elektriği de en kısa sürede çözeceğim. Dua et ve uyu güzelce, oğlun yanında." Oysaki su bir hafta, hadi bilemediniz iki hafta yeterdi, yalan atmıştım ama mutlu olsun diyeydi. Annem de "Allah senden razı olsun evladım, duam seninle. Sen de güzelce yat." diyerek öptü beni. Öperken o gözlerinden akan yaş damlası yanağımda kaldı. Yanağım yandı, tutuştu...

Kelimelerle anlatılacak bir şey değil bu, anlatamıyorum bazen, ifade edemiyorum, kelime dağarcığım buna yetmiyor. Odama geçtim ve düşüncelere dalmaya başladım.

Neyi, nasıl yapacaktım? O abi kardeş payı yapan müdür yardımcısından acil iş gelmesi gerekiyordu tekrar ve direkt söylemem gerekiyordu "İhtiyacım var, fazla alabilir miyim?" diye çünkü telefonuma baktım, eski bir telefondu ve emanetti, satamazdım. Satacak bir şeyim de yoktu. Aklıma anneannemin bana küçükken, oruç tuttuğumda aldığı altın künye geldi, onu satabilirdim. Hemen aramaya koyuldum ama nereye baksam bulamadım. Ertesi gün anneme soracaktım. Evi ararken fark ettim ki annemin hiç takısı yoktu. İnsan üzülüyor o durumdayken annesinin bir tane bile güzel bir şeyi olmamasına...

Hayat bana öyle dersler veriyordu ki ne kadar boşa yaşadığımı fark ediyordum. Yirmi iki yaşındaydım; dile kolay, koskoca yirmi iki yıl ve boşa geçmişti. Ne okul var ne meslek ne bir meziyet, hiçbir şey...

Ne yapacağımı bilmeden vurdum kafayı yastığa, yorganı çektim üstüme çünkü ev buz gibi olmaya başlamıştı; ısınacak ne doğal gaz vardı ne elektrik... Bunu anladığımda tekrar yataktan kalkıp annemin üstüne kardeşimin yorganını da örtmeye karar vermiştim. Götürüp üstüne kardeşimin yorganını örttüm. Hâlâ uyumamıştı, bana "Sağ ol oğlum benim." dedi.

Karanlıkta kalmışsa dünyan,
ışıksız bir gecedeysen eğer
kalbindeki iyilik düğmesine bas,
bas ki önünü görebilesin,
kim dost kim düşman seçebilesin.

Kalbinde iyilik kök salmışsa en derine,
en kötü günde bile iyiliği ortaya çıkarabilirsin ve
engelleri kaldırıp yoluna devam edebilirsin.

Onu mutlu edebiliyordum küçük de olsa ve bununla gurur duyuyordum.

Ben dağılsam ya da dağıtsam, arkamı toplayacak kimsem yoktu, bunu iliklerime kadar hissedebiliyordum. Yatmadan önce pencereme gittim, gözlerimi dikip gökyüzüne baktım. Bulutlardan bir ev yaptım, annemi de aldım yaşadım içinde ve mutlu oldum beş dakikalığına...

Hayal de mi kurmamalıydım? Onu da beceremiyordum belki de...

Yatağa yattım, yorgunluktan bitkin düşmüştüm, uyumam gerekiyordu çünkü sabah işe gidecek ve oradan çıkışta dolmuş yıkamanın yolunu tutacaktım. Yani sabah evden 9'da çıkacak, gece 11' geri dönecektim. İki iş yapacaktım ve annem sabah onda mağazaya gidip akşam onda mağazadan çıkacağımı sanıyordu. Ben anneme üzülmesin diye yalan söylerken, o da bana "Teyzendeyim.", "Komşudayım." deyip temizliğe giderek yalan söylüyordu. Masumuz, değil mi?

Ve şunu fark ettim: Kaç gün olmuştu, kimse aramamıştı. Yani arayanlar vardı tabii ama yüzeysel bir "Ne haber, nasılsın?" konuşmasından öteye geçmiyordu. Aileden, akrabalardan dert tasa soran kimse yoktu. Belki de asla olmayacaktı. Sabah işe gitme vakti gelmişti; tekrar kalk giyin ve hayat mücadelesine devam... İşe gitmek için dolmuş durağına yaklaşık on beş dakika yürüyordum, o yol her gün bana zulüm gibi geliyordu. Giderken neyse de yorgun argın, bitik durumda eve dönerken daha zordu. İş yerine girer girmez toplantı istediler ve toplantıya geçtik. Benim üç beş gündür satışla ilgili sıkıntımı sorguladılar; herkese sorular sordular ama beni sorguladılar. Hiçbir cevap veremiyordum, haklılardı, oradan bir maaş alıyordum ve onun karşılığını vermem gerekiyordu, yatamazdım. Yani kısacası işten kaytarmıştım ve bu, müdürün canına tak demişti...

O gün güzel çalışmayı düşünerek başladım ve güne güzel başlamıştım. Satışlarım yine düzelmiş, yine bir numaraya kadar yükselmiştim. Akşama kadar rafları falan da düzeltmiştim ama 6'da gideceğimi unutmuş gibi çalışıyordum. Kendimi çok yormamam gerektiğini fark ettiğimde iş işten geçmişti ama o günü mağazada çok güzel geçirmiştim. Saat 6 olunca hemen çıktım ve koşa koşa dolmuş yıkamaya gidiyordum. Dolmuş yıkamaya vardığımda şefin yüzü gülümsedi, "Aha, dolmuş canavarı geldi!" diyerek seslendi. "Aslan gel gel, bugün bir sürü dolmuş geldi bu saatte şansına. Hadi bakalım, giy tulumları." diye soyunma odasına gönderdi beni. Soyunma odası derken WC'nin içinde bir bölüm ayırmışlar, kokudan yeminle duramazsınız. Yani bana normalde "Burada soyunup giyineceksin." deseler, "Hadi lan!" derim. Altıyı yirmi geçe işe başladım ve deli gibi çalışmam gerekti çünkü fazla yıkarsam fazla para kazanacaktım, bunu biliyordum. Yıkama başı para aldığım için yükleniyordum kendime fazlasıyla. Ertesi gün izinli olduğumu biliyordum ve "İzinli günümde yatarım." diye düşünüyordum. Saat 10'a kadar birçok dolmuş yıkamıştım. Sayısını hatırlamıyorum ama fazlaydı, güzel para almıştım ve "Abi yarın izinliyim, kaçta geleyim?" diye sordum. "Yine 6'da gel." dedi. "Daha önce gelebilir miyim?" diye sordum, "Gel bir çay içelim Aslan seninle." dedi. Çay doldurdu bana da kendine de pet bardakta. Kendi şeker atmadığı için bana da sormadı "Şeker alır mısın?" diye, ben de isteyemedim; ne diyeceğini merak ediyordum sadece. Çayı ellerimi ısıtmak için kullanıyordum, buz tutmuştu ellerim ve ayak parmak uçlarım. Ayaklarım bugün ıslanmıştı, herhâlde giydiğim su botunun bir tarafı delikti, çalışmaktan fark edemedim, botu çıkarttığımda şap şap seslerden anladım. Yani orada şefi dinlemek bana zor geliyordu ama dinlemek için sabırsızdım. Erken çağıracağını düşünüyordum beni...

"Senin iki iş yaptığının farkındayım." dedi, "Konuyu uzatmak istemiyorum. Çalıştığın yerde bu duyulursa sıkıntı yaparlar mı sana, hiç düşündün mü bunu? Hem neden erken gelmek istiyorsun ısrarla? Paraya ihtiyacın olduğunun farkındayım ama çok mu derdin tasan var, anlayamadım." dedi. O yediğim ufak kazık var ya; hani herkese her şeyin anlatılmaması gerektiğini öğrendiğim... O yüzden bir şey konuşmak istemiyordum. "Abi boş ver." dedim. "Gerçekten ihtiyacım var ve gelmek istiyorum. Eğer çalıştığım yeri duyarsa, senden benim akrabam olduğunu söylemeni rica ederim. Bir yol bulurum; 'Akrabama yardım ediyorum.' derim. Sen beni boş ver, beni yarın erken çağır yeter." dedim. "Olmaz, iş 6'da başlıyor, sen 6'da gel. Eğer 6'dan önce çalışmak istersen, izin günlerinde sana başka yer ayarlarım ben. Yarın olmaz ama bir dahaki izin gününde, farklı bir yerde, normal araba yıkamaya gidersin." dedi. Çok sevinmiştim ve hemen "Tamam abi, olur." dedim. Sonra "Benim gitmem gerek." diyerek durağa doğru yürüdüm. "Kul sıkışmayınca Hızır yetişmezmiş." derler ya... Bir kapı kapanıyor, diğeri açılıyordu. ALLAH yanımdaydı, farkına varıyordum ve şükrediyordum. Ya hiçbir şey bulamasaydım? Ya hiçbir şey yapamasaydım?

Ya da en kötüsü; zaman geçtikten sonra kendime şu soruyu sorsaydım: "Elinden geleni yaptın mı Aslan?" Bundan kötüsü olamazdı...

Ve şunu söylemeliyim ki; her şey güzel ve dertsiz tasasız olacak olsaydı, bu hayatta imtihan olmaz ve kulluğunu gösterebileceğin şartlar oluşmazdı.

Eve gittiğimde saat 11'di. İçeri girdim, anneme bir sarıldım, anlatamam size... Her şeyin düzeleceğine onu inandırmam gerekiyordu. Annemse kapıda "Hoş geldin oğlum." diye beni karşılıyordu. Beklediği tek kişi bendim artık güzel annemin. Onunla sohbet ediyordum mum ışığında ve öyle ki ayaklarım kokmuştu ıslanmaktan ve sabahtan beri çalışmaktan. Fark ettiğimde hemen yıkamak için banyoya gittim. Su vardı fakat buz gibiydi. Kaç gündür kombi çalışmamıştı bile; ne elektrik ne gaz...

Buz gibi suyla ayaklarımı yıkarken şu geldi aklıma: "Aslan, bu evde sıcacık su akarken abdest almadın, şimdi ise Allah sana ayakların kokuyor diye ayaklarını yıkatıyor." dedim. "Eğer abdestle yıkamazsan bu ayakları, Allah istediği şekilde yıkatır, temizletir." Belki "Çok ders çıkarıyorsun ya sen de." diyeceksiniz ama böyle ders çıkartmasaydım, daha kötü hissedebilirdim kendimi. Ertesi gün izinliydim, annemle kahvaltı etmek istiyordum, yemek yemeyi bile unutmuştum evde; annemin yiyip yemediğini ise bilmiyordum bile. Sadece büfeye, arkadaşım olduğu için, "Her gün eve bir ekmek bırak." diyordum. Yarın Ahmet Abi'yle, yani bina görevlisiyle konuşacaktım; ben yokken annemin bir ihtiyacı olursa yardımcı olması için. Her gün düşünceler beynimi yiyip kemiriyordu. Şansım yaver gitmiyordu, sadece kaderim biraz olsun bana gülümsüyor, tutunmam için bir dal uzatıyordu hayata karşı...

Ve anladım ki hayattaki zorluklar bize düşman gibi geldiğinde hayat daha da zorlaşıyor. Eğer onları bir sınav olarak görürsek o zaman güçlü olduğumuzu fark edip onları yenebilme kabiliyetine ulaşabiliyoruz. Annemi yatırıp tekrar yatağa geçmiştim. Monoton bir hayat içinde, dertler ve tasalarla koyun koyuna yatağa giriyordum işte; iş güç, ev, annem, ben...

Okkalı bir cümle kuracak bir hayatımız yoktu, sıkıntılarla yaşıyorduk bu ara ama biliyordum ve hissediyordum; yalnız değildim, ALLAH benimleydi.

Bir dua kadar yakındı bana...

3 harften oluşan bir kelime,
İçine her şeyi sığdırabiliyor ve her şeyi isteyebiliyorsun.
Ne güzel değil mi?
İyi ki varsın güzel kelime DUA, iyi ki...

Duaya dua ekle ve vazgeçme.
İstemekten utanma hiçbir şeyi.
Bil ki ALLAH, vermeyi sevendir.

Her gün yatarken ettiğim duamı ettim "Allah'ım yanımızda ol." diye ve uyudum. Ertesi gün izinliydim, bolca uyumak istiyordum, çok yorgundum. Sabah olduğunda uyanıverdim, saat sekiz buçuk gibi. Uyuyamamıştım resmen. Hemen kalkıp anneme kahvaltı hazırlamak geldi aklıma. Dolabı açtığımda "Açmaz olaydım." lafını direkt söyledim, nefret eder gibi baktım o dolaba.

Yeni aldığım peynirden biraz yenmiş; az bir zeytin var, beş on tane kadar; bir tane domates görüyordum ama yarısı çürümüş ve üç beş tane de yumurta vardı ama yumurtaları pişirmek için gaz gerekliydi, o yüzden onu elemiştim. Pratik bir zekâ olarak yumurtaları ısıtıcıda su ısıtır gibi kaynatabileceğimi, rafadan yumurta yapabileceğimi düşündüm ama elektrik de yoktu. Beynimden, saliseler içinde ne düşünceler geçiyordu anlatamam size. Neyse, üç beş zeytin, yarım domates, biraz peynir koymuştum masaya. Çay demleyebilmek için hiçbir fikrim yoktu ve ekmeğe baktığımda ekmek de yoktu. Büfeye indim hemen, meyve suyu ve bir ekmek alacaktım ama simit görmüştüm orada. Kahvaltı için güzel olacağını düşünüp iki tane simit aldım ve eve çıktım. Ev buz gibiydi. Annem kalkmıştı. "Kapı sesine işe gittin sandım oğlum." dedi. "Yok yok." dedim, "Gel kahvaltı yapalım." Nasıl gülmüştü biliyor musunuz? Yemin ederim güneş açtı, o an ev ısındı. Kaç günden sonra annem gülmüştü, içim eridi vallahi. İyi ki kalkmışım o saatte. Uyku nedir ya, bütün yorgunluğum uçtu gitti. Kahvaltı ettim annemle güzelce, sohbet ederek hayaller kurdum onunla. "Bak neler yapacağız beraber. Seni Umre'ye göndereceğim annem." diye böbürleniyordum.

Yalan söylemiyordum, istiyordum böyle olmasını ve dua ediyordum bunun için. Tek yol, tek bildiğim yol buydu... Doğru yol olduğuna da içtenlikle inanıyordum. Kahvaltı bitmeye yakın telefonum çaldı. Arayan, kazıklayan arkadaştı. Daha doğrusu, aslında beni kazıklamadı ama pay konusunda sıkıntısı vardı. Açtım hemen "Efendim abi?" diye; tekrar iş olduğunu, satışa gitmemiz gerektiğini ve bu sefer de aynı adet olduğunu söyledi. Ben de direkt, kısa ve öz bir şekilde, "Abi ben kendimi o kadar para için riske atamam, kusura bakma." dedim, o da daha fazla vereceğini söyledi. "Tamam o zaman, gel evden al beni müsaitsen." dedim. Otuz dakikaya geleceğini söyledi.

Benim de duş alıp hazırlanmam otuz dakika süreceği için "Tamam." dedim ama telefonu kapattığımda fark ettim; duş alamazdım, ev de su da buz gibiydi.

Neredeyse bir hafta olmuştu, duş almamıştım; kendimi temiz hissetmiyordum. Kendimi ıslak mendille silmek aklıma geldi. Anneme, evde ıslak mendil olup olmadığını sordum ama annemin getirdiği ıslak mendilin yarısının kuruduğunu fark ettim. Yarım yamalak, kokmaması gereken yerlerimi sildim ve hazırlandım. Arkadaşın gelmesini ve işe gitmeyi düşünürken, anneme de işe gideceğimi, paralar kazanacağımı, dertleri tasaları bitirip güzel bir hayat yaşatacağımı söylüyordum. Durmadan tekrarlıyordum bunu ama kendim bile inanamıyordum. Bugünün çok güzel geçeceğini düşünüyordum fakat bugün başıma çok kötü bir şey geleceğinden habersizdim. Geldi aldı beni ve gittik spotçuya...

Hayat; her an sürprizlere gebe,
sana ne çıkacak bu sürprizden
büyük bir bilmece.
Bu bilmeceyi asla çözemezsin ömrünce!

Sabır mı İsyan mı?

Spotçuya gitmek için elime hediyeleri aldım ve yürümeye başladım. Giderken, "Çıkmadan biraz sohbet edeceğim." gibi şeyler düşünürken, pasaj kapısından tam gireceğim sırada dışarıya çıkan müdür gözüme ilişti. Aynı sektörden, tanıdığım bir müdürdü. "Beni gördü mü acaba?" diye korkuyla köşeye doğru yürüdüm. Risk dedikleri şey aklıma geldi ve korkmuştum. Müdür bana doğru gelip, "Aslan, ne yapıyorsun burada?" demez mi? Ne diyeceğimi şaşırdım. Tedirgin ve kekeleyerek, "Alışverişe geldim." gibi bir şeyler söyledim. Kelimeler insanın boğazına düğümlenir ya, öyle oldum. O da şaşırdı bu tavrımdan ve şüphe ile bakıyor gibiydi. "Elindeki çanta ne?" diye sordu direkt. Tedirginliğimden kendine pay çıkarmıştı resmen. "Sizi ilgilendirmez." gibi bir cevap vermem gerekirken, yaptığım işle alakalı bir cevap verdim. "Tamam, görüşürüz. Dikkat et kendine." falan dedi, arkasını döndü ve gitti. Köşeye gizlenerek biraz arkasından baktım; gerçekten gitmişti. O gittikten sonra hemen telefonuma sarıldım, beni oraya getiren arkadaşı aradım ve durumu anlattım. O da "Sakin ol, bir şey olmaz. Git ver, parayı al gel sen." dedi. "Ben buradayım, korkma." gibi konuştu. İçim rahatlamıştı. Spotçuya girdim, hediyeleri verdim, parayı aldım ve çıktım. Hiçbir sıkıntı yok gibi gözüküyordu, gereksiz yere telaş yapmıştım sanki ama yine de hızlı adımlarla arabaya doğru ilerledim, arabaya attım kendimi ve filmlerde olur ya hani, "Bas gaza, bas!" diye, aynen öyle yaptım; "Hemen gidelim abi. Hadi, hadi..." diye söylendim. Anlamadı ama hemen gaza bastı. "Ne oldu?" diye sordu, "Bilmiyorum, kadın şüphelendi benden, öyle anladım." dedim. "Boş ver, hiçbir şey olmaz, merak etme." dedi ve "Para nerede?" diye sordu. Parayı çıkartıp verdim, o da paradan bir miktar bana verdi. Bu sefer biraz fazla vermişti ama yine de diğer arkadaştan azdı, yani çok az vermişti yine ama bir şey demedim; sadece içimden, "Bu adamla son işim." diye düşündüm ama son işim olamazdı, ihtiyacım vardı. İnsan böyle zamanlarda kendini kullanılmış gibi hissediyor ya da ihtiyacım çok olduğundan bana öyle geliyordu, bilmiyordum.

Acı bir hayat yaşansan da,
ruhunu hırçınlık kaplasa da
içindeki burukluk ve kırıklık iyiliğin habercisidir,
üzülmek iyi insanların işidir.

Yolda çok bir şey konuşmamıştık ve beni eve bırakmıştı. Eve çıktığımda parayı sayacaktım, maaşı da katıp plan yapacaktım. Elektrik, doğal gaz, kira ve ablamı evlendirdiğimiz için annemin eski mahallesinden, yani dedemgilin tanıdıklarından elden taksitle aldığı eşyaların borcu da yaklaşmıştı. Kısacası biraz daha, biraz daha fazla çalışmalıydım. Eve çıktığımda annem yoktu, hemen annemi aradım. Eski oturduğumuz yerde komşuda olduğunu, akşama doğru geleceğini söyledi ama temizlikteydi ve ben bunu, dediğim gibi, bilmiyordum; çok sonra öğrendim. Evde tek başıma oturacağıma büfeye gittim. Büfede otururken telefonum çaldı. Arayan spotçuydu...

İşte bu telefondan sonra her şey değişti. Nasıl mı değişti? Kötüye gitti, daha da kötüye... "Daha ne kadar kötü olabilir?" diye düşünürken, çok daha kötü olabileceğini yaşadım ve gördüm. Spotçu, mağaza müdürlerinden bir iki kişinin gelip beni sorduğunu ve irdelediklerini söyledi.

"Bir şey söyledin mi?" dememe kalmadı, "Ben bir şey demedim ama herhâlde biriyle karşılaşmışsınız ve seni takip etmiş. Sonra arkadan dönüp buraya gelip bakmış, seni burada görmüş. O yüzden, seni tanımadığımı söyledim ama yine de bana inanmadılar." dedi ve telefonu kapattık.

Dünyam yıkılmıştı. Ne yapacağımı bilemiyordum. Tedirginlik bütün benliğimi sarmıştı. Neden korktuğumu bile bilmiyordum. Büfedeki arkadaş hemen sordu, "Oğlum iyi misin? Su iç." dedi ve su uzattı. Rengim falan atmıştı. Şekerim düştü zannederek çikolata verdi ya da öyleydi, hatırlamıyorum o anları çok fazla. On dakikalığına benim için hayat durmuştu o anda.

Bu aralar, beynimdeki akbabalar sürekli ölüm solosu çalıyordu...

Sağlıklı düşünmek için sağlıklı vakitlere ihtiyacım vardı ama hayat bana hep veremli saatleri nasip ediyordu bu aralar...

Aklıma, bana abi kardeş payı yapan, iyi olan müdür yardımcısını aramak geldi. Hemen aradım ve durumu en ince detayına kadar anlattım. Sakin olmamı ve yanıma geleceğini söyledi, nerede olduğumu sordu. Yola çıktığını söylediğinde telefonu kapattık ve sabah hediyelerini sattığım kişiyi aradım, durumu ona da anlattım. O da yanıma gelmek istedi, sanki o da tutuşmuş gibiydi, acayip bir heyecan yapmıştı telefonda. Garipti, "Kardeşim, geleyim..." gibi, iyi iyi konuşmuştu. Normalde elemanı gibi davranan biri bir anda beni kardeşi yapmıştı. Ona, gelemeyeceğini, başka biriyle görüşeceğimi, söyledim. "Aynı işi yapanlardan biri mi?" diye sordu, isim vermeden "Evet." dediğimde, ismi direkt o söyledi, birbirlerinden haberleri varmış meğerse, bir benim haberim yokmuş ama yine de "Yok." falan diye geçiştirip telefonu kapattım. Diğer iyi olan abi geldi, beni aldı. Beni aldıktan sonra diğer arkadaş da onu aradı, telefonda konuştular "Şuraya gidiyoruz, gel." Ben direkt, "O da mı geliyor?" diye sordum, "Evet." dedi, "Ne var ne yoksa beraber konuşalım diye çağırdım." dedi ve bana sakince, "Korkma, bir şey olmaz." dedi. Ama ben sudan çıkmış balık gibi korkuyor, içten içe titriyordum. İşimden olacağım gibi bir his vardı içimde. Oysaki her şeyi düzeltiyordum, para kazanmaya başlamıştım. İki işte çalışıyor, ayrıyeten bu hediyeleri satıp ek gelir kazanıyordum. Risk dediklerinin ne halt olduğunu bile yeni anlamıştım ama art niyet, kötü düşünce asla yoktu.

Amacım sadece para kazanmak, anneme bakmaktı. Diğer arkadaş da geldi. İyi polis, kötü polis gibiydiler. İyi olan gerçekten iyi miydi onu bile seçemiyordum. Konuşuyorduk, senaryolar kuruyorduk "Şöyle olabilir, böyle olabilir... Yarın mağazaya gittiğinde seni çekip sorarlar, sen de bir şey demezsen bir şey olmaz." gibi şeyler. Kötü dediğim, yani beni hiç düşünmeyen arkadaş, yine kendini düşünüyordu. "Bak kardeşim, benim çocuğum var. Kaç yaşındayım artık, başka iş de yapamam. Sakın isim verme. Asla, asla..." diye baskı yapıyordu. Diğer iyi olan, abi kardeş gibi davranan ise "Korkma, rahat ol. Çok sıkıştırırlarsa her şeyi söyle, kendini yakma." diyordu. Kendimi, ikilemde kalmış salak gibi hissediyordum çünkü konuştukları şeyler korkunçtu. Bu iş bu kadar mı riskliydi, anlamamıştım. Sonuçta bu insanlara gelen kişisel hediyelerdi sattıklarım, neden bu kadar korkmuşlardı ya da neden beni bunun için sorgulayacaklardı, anlamamıştım...

Bugünün nasıl geçtiğini sormayın bile dostlar, geceyi zor ettim. Ne dolmuş yıkamaya gittim ne başka bir şey, annemin eve gelişini bekledim. Annemle oturdum, her günkü gibi sohbet ettim, ona umut verdim. Sonra yatağıma geçip yattım. Gerçekten uyumak, yarına kavuşmak ve içimdeki tedirginliği atmak istiyordum. Hiçbir şey olmaması için dua ediyordum, sadece dua...

Sabah olduğunda direkt giyinip işe gittim. İşe gittiğimde nasıl bir tablo beni karşılayacaktı bilmiyordum ama gözlerim kapıdaydı. Bölge müdürü, bir iki müdür daha ve beni orada gören müdür de oradaydı. Sanki kılıçlarını kuşanmışlar, kapıya çıkmışlar, beni bekliyor gibilerdi.

Bense tedirgin ama sakin olmam gerektiğini bilen bir tavırla yanlarından "Merhaba." diyerek içeri geçerken, bir ses "Aslan bakar mısın?" diye seslenmişti. Bölge müdürüydü. Arkamı dönüp, "Buyurun müdürüm?" dedim.

Yanına çağırdı ve biraz konuşmamız gerektiğini ama mağazada konuşmayacağımızı söyledi. "Dışarıda, kafede çay içelim hep beraber." diyerek kafeye doğru baktı, ben de "Hayır." diyemedim tabii ki. Kafeye doğru yürümeye başladık. Mağazadan herkes bize bakıyordu, herkes bir şey olduğunu anlamıştı, bir ben anlamamıştım o bir şeyi. Ne olacağını o zamana kadar hiç anlamamıştım zaten. Hep beraber kafeye geçtik ve çay söylediler, oturduk.

Kendi mağaza müdürüm söze başladı. "Bak Aslan, seni severiz, efendi birisin. Tamam biraz fırlamasın, biraz şımarık davranışlarda bulunuyorsun ama satışların ve insanlığın bizim için çok önemli." diyerek, güzel cümleler kurarak, "Dün ne yaptın?" diye sordu. Ben de dün alışverişe, pasaja gittiğimi; diğer müdürü göstererek, hatta karşılaştığımızı söyledim ama bunu söylerken gerçekten çok endişeliydim çünkü görmüşlerdi ve ben ne yaptığımı dahi bilmiyordum. Hani çok kötü bir şey yaparsın da yaptıktan sonra başkasının kimliğini veya ne biliyim eldivenini bırakırsın ya suç ona kalsın diye; filmlerde izlediğimiz şeyler işte... Aynen öyle suç bana kalmıştı ve ben o suçun ne olduğunu bilmiyordum. Konuşmak geliyordu içimden ama hani o kötü olan arkadaş demişti ya "Çocuklarım var, kaç yaşındayım, ben yanarım." gibi şeyler... O sözler aklımdan çıkmıyordu. "Tamam, ben de zor durumdayım ama yirmi iki yaşındayım. Birçok iş bulabilirim atılırsam da." diye yine iyi niyetli düşünüyordum. Bölge müdürü söze girdi ve bağırarak, biraz sert bir mizaçla, "Dünü anlatmazsan senin kafanı kırar, sonra da işten atarım!" diyerek çıkıştı. Onun o çıkışına ben de sertçe bir ses tonuyla, "Anlattıklarımı duymadınız mı? Anlatacağım bu kadar." dedim. Ben öyle deyince, dün beni takip eden müdür:

"Aslan bak, sakince düşün. Bunları başkasından alıp sattığına eminiz, senin yapabileceğin bir şey değil zaten, akıl var mantık var. Sen de para kazanmak için yaptın, kötü niyetin yoktu, biliyoruz. Bize sadece kim ya da kimler olduğunu söyle, seni de mağaza şefi yapsınlar. Hem yükselmiş ol hem maaşın artmış olsun hem de böyle işler yapanlar aramızda barınamasın." demişti. O kadar mantıklı konuşmuştu ki; yani kim istemez, değil mi?

Hem maaşım artacak hem konumum yükselecek hem de bana o kötülük yapan kişi yanacaktı ama yine de vicdanım izin vermedi. "Anlatacaklarım bu kadar." dedim ve mağazaya gitmek istediğimi, başka konuşacak bir şeyim olmadığını söyledim. Bölge müdürü kızgınlığı bırakıp, "Sana saat ikiye kadar vakit koçum. Söylemezsen olacaklardan ben sorumlu değilim." dedi ve kalktı gitti. O beni gören müdür ise "Bence söyle, yanacaksın." dedi sevecen bir hâlde. Müdürüm ise "Git mağazaya, orada konuşacağız." diyerek beni yolladı. Mağazaya gittiğimde herkes "Ne oldu Aslan?" diye sorular soruyordu. Herkese "Bir şey yok, uzak durun!" diye bir anda bağırmak geçiyordu içimden.

"Uzak durun." derken, "Siz de yanmayın." demek istiyordum çünkü konuştuğum herhangi birini de zan altında bırakmak istemiyordum.

Ben ne yapmıştım ya, ne! Bu kadar risk ne olabilirdi, kafayı yiyecektim.

Bana, "Sen para kazanmak için yaptın, biliyoruz." diyorlardı. Biliyorlardı madem, neden bana saldırıyorlardı, neden?

Müdür geldi, odasına geçti ve beni çağırdı.

Girdiğimde ise direkt konuya girdi. "Bak, şimdi müdür eleman olayını bırakalım, abla kardeş gibi konuşalım seninle. Sıkıntıların olduğunu biliyorum. Sıkıntılar insana yanlış şeyler yaptırabilir, insan o anda yanlışı doğruyu ayırt edemez, ihtiyacı ne ise o doğru gelir ve onu yapar, yanlış olduğunu anlayamaz. Senin bu yaptığın çok yanlış bir şey. Başkasından alıp sattığını biliyoruz..." derken sözünü kestim, direkt konuya girdim. "Ne yaptım da yanlış diyorsunuz? Hiç bir şey anlamadım." dedim. Salağa yatıyordum ama anlaşılıyordu çünkü böyle şeylerle daha önce karşılaşmamıştım, salağı oynamayı çok beceremeyen biriydim ama zamanla o salağı oynamayı da öğrenen biri olacaktım çünkü hayat insana salaklığı bile öğretiyor. "Sözümü kesme!" diye bağırdı, "Bak, tekrar söylüyorum, abla kardeş gibi konuşuyorum seninle. Şimdi ne olacağını sana tam tamına anlatacağım, sen de karar vereceksin." dedi ve başladı:

"Sen öğlene kadar isim vermezsen, mağazaya bir mail gelecek ve bütün mağazalar, bizim mağazalarla da kalmayacak, bütün sektör, bütün markaların bölge sorumluları dâhil herkese mail gidecek. Yani o maili, Türkiye'de bu sektörde aklına gelen ne kadar insan varsa hepsi görecek. Mailde şöyle yazacak: 'İşlemiş olduğu hırsızlık suçundan dolayı, Aslan K'nın istifasını tarafımıza iletmesini istiyoruz.'" Bir anda gözlerim dönmüştü. "Ne hırsızlığı ya, ne diyorsunuz siz!" diye bağırmaya başlamıştım.

Bu nasıl bir sınavdı? Ben bu imtihandan yarasız beresiz nasıl çıkacaktım? Bu nasıl bir riskti ki hırsızlık denmişti? Kendi ağızlarıyla "Sen yapmadın." derken, bunu nasıl söylerlerdi? Hemen sağlıklı düşünmek zorundaydım. Beni gaza getirmek istediklerini, asla böyle bir şey yapmayacaklarını düşünmüştüm çünkü onlar da biliyordu benim öyle bir şey yapmayacağımı ve yapmamıştım, ispatları dahi yoktu. Zaten satılanlar hediyeydi, hırsızlık olması için bir şeylerin çalınması gerekmez miydi?

Blöf yapıyordu, öyle düşünmüştüm ve ona karar vermiştim. "Ne halt ederseniz edin, ben öyle bir şey yapmadım. Ne diyorsanız kendi kuruntunuz ve söyleyecek bir şeyim yok. İşten atacaksanız atın, ben bir şey yapmadım." dedim. Kapıyı pat diye kapatıp çıktığımda kapıda beni mağazadan arkadaşlar bekliyordu. Herkes beni severdi mağazada. "Oğlum konuşsana ne oldu?" falan diye sıkıştırıyorlardı ama anlatacak bir şeyim yoktu kimseye. "Bana oyun yapıyorlar, beni lekeleyecekler." diyordum. Herkes şaşkın şaşkın bakıyordu, kimse bir şey anlamamıştı olanlardan. Olağanüstü durum ilan edilmişti. Mağazada kimse birbirine selam dahi vermiyordu, herkes buz gibi donuktu ve suskun suskun işlerini yapıyorlardı. Bense köşede, düşünmekten başka bir şey yapamıyordum. Tuvalete diye çıkıp arkadaşları aramak istedim, aklıma tek gelen buydu ama arayamıyordum bile. Öyle korkmuştum ki her şey üstüme geliyor, her şey sanki aleyhime delil olacak gibi geliyordu. Hayatımda ilk defa böyle bir şeyle karşılaşmıştım. Korku, kocaman bir dağ gibi üstüme yıkılmıştı resmen. Ne kendimi silkeleyebiliyor ne de güçlü bir yönümü bulabiliyordum. Oradan kurtulamıyor, eziliyordum. Dakikalar geçiyordu. Ne olacağını merakla, daha doğrusu telaş ve endişe ile hiçbir iş de yapmadan, öylece bekliyordum. Çaresizdim resmen.

Ve müdür bana doğru gelerek, "Son kararın mı?" diye sordu. Elinde telefon, açık bir şekilde kulağında duruyordu ve ben de "Ne son kararım mı?" diye sordum, "Anlamadım." dedim. "Söylemeyecek misin isim, yakacak mısın kendini?" dedi. Ben de "İsim falan yok. Ne anlattığınızı anlamıyorum hâlâ." dedim. Bana cevap vermeden telefona cevap verdi, "Müdürüm, yapın yapacağınızı, hâlâ aynı fikirdeymiş." diyerek telefonu kapattı.

Telefonu kapatır kapatmaz bilgisayara doğru yürüdü, ben de "Tuvalete gidiyorum ben." diyerek şefe seslendim ama müdür bağırıp, "Hayır hayır gel buraya. Gel maile bak." diye beni çağırdı. Bilgisayara yanaştım ve başlığı göz ucuyla okudum.

"TÜM MAĞAZALARIN VE TEDARİKÇİLERİN DİKKATİNE. ÖNEMLİ." diye koskoca bir başlık...

"İçi boş olsa." diye dua ederken sadece bir cümle yazılıydı içinde ama yaklaşmam gerekiyordu iyice okumak için. Ben yaklaşmadan müdürüm, "Dur dur, ben bağıra bağıra okuyayım, herkes duysun." dedi. "Mağazamızda çalışan Aslan K'nın, hırsızlık suçundan dolayı istifasını rica ediyoruz." Dünya başıma yıkılmıştı, iş miş umurumda değildi. "Hırsızlık" diyorlardı, "hırsız" diyorlardı, bu nasıl olabilirdi? Bu işte böyle bir sonuç nasıl yaşanabilirdi? Ben ne yapacaktım, ne diyecektim anneme babama? Kendi kendime bile cevap veremezdim. Attıkları bu leke çok ağır gelmişti. "Başımdan aşağı kaynar sular döküldü." demiştim ya size daha önceden, vallahi billahi kezzap döküldü beynimden aşağı, cayır cayır yandığımı hissettim o an. Ben bunları hissederken, gözlerim dolu dolu olmuşken müdür boş durmadı, istifa kâğıdı çıktısını bilgisayardan aldı ve önüme koydu "İmzala." diye. Okumadan imzaladım. "Allah belanızı versin sizin. Allah bu yaptıklarınızı görmüyor mu sanıyorsunuz?" dedim, gözlerimden yaş süzüldü ve mağazadan çıkmak için içeriden montumu aldım ve çıktım. Korkudan, arkamdan kimse gelememişti bile. Kimse zan altında kalmak istemiyordu. Attıkları çok büyük bir lekeydi. Alışveriş merkezi dışına çıktığımda bir köşede bank gördüm ve o banka oturduğum gibi ağlamaya başladım. Ne kimseden utanıyor ne de çekiniyordum, hıçkıra hıçkıra ağlıyordum. Öyle bir ağladım ki dostum, tüm vücudum kasılmaktan kendini bir salmıştı ki bayılacak kadar rahatlamıştım. Böyle, işkence görmüş gibi değil de bomboş, hiçbir şey hissetmeyen bir vücuda girmişti bedenim. Aslında işkence gibi bir şeydi bu yaşadığım.

Bir abi yaklaştı yanıma orta yaşlarda, "Genç, iyi misin?" diye sordu, ona bile çıkıştım "Rahat bırak beni!" diyerek. Oysaki iyiliğime sormuştu ama o anda hiçbir şey iyi gelemezdi. Ağlamam durduktan sonra hemen telefona sarıldım ve iyi olan müdür yardımcısını aradım. "Maili okudum koçum, yaktın kendini boş yere. Keşke birimizin ismini söyleyeydin." dedi, "Neredesin? İyi misin? Yanına geleyim akşam iş çıkışı, konuşalım." dedi. Ondan sonra diğer kötü olan müdür yardımcısını aradım, telefonumu açmadı. Israrla aradım ve ısrarla açmadı telefonumu...

İçimden sağanak yağmur şeklinde küfürler savuruyordum bu arkadaşa, ağır sözler tüketiyordum. İçimden öyle bir bağırıyordum ki karşımda olsa konuşmama gerek yok, gözlerimden o ateşi anlayıp arkasına bile bakmadan kaçabilirdi. İyi yürekli biri olabilirdim ama sert bir insandım, mizacım da sertti ve her an her şeyi yapabilirdim. O sertlik konusunda, erkeklik konusunda ve hırçınlık konusunda benim ne zaman, nerede, ne şekilde, nasıl davranacağım hiçbir zaman belli olmamıştır. Spotçu; spotçu yakmıştı beni, kafayı ona takmıştım bir anda. Hemen kalktım, hızla dolmuş durağına doğru yürüdüm ve doğru spotçunun yolunu tuttum. Yakıp yıkacaktım orayı, kafaya koymuştum. Ve varmıştım spotçuya... Kapıdan girer girmez bağıracaktım fakat içeride müşterisi vardı. Ben de geçtim köşede oturdum, bekliyordum gitmesini. Arada bana "Hoş geldin Aslan." dedi ama hoş gelmediğimi tavrımdan anlamıştı. Müşteri tam dışarı çıkarken, bana "Sakin ol, sakın bağırma, burası ekmek teknesi."

dedi. Yine iyi yanımı yakalamıştı, ekmek teknesinde ters davranılmaması gerektiğini hatırlatmıştı. Ben de sinirli ve asi bir şekilde, "Beni nasıl yakarsın? Ben sana ne yaptım abi?" diye sordum. O da bana, "Ben senin ismini asla vermedim, vermem de. Seni görmüşler. Buna ben dikkat edemem ki müdürleri dahi tanımam, buna sen dikkat edecektin, suçu bana atma lütfen Aslan." dedi fakat tatmin etmemişti; ben oturduğum yerden ayağa kalktım ve "Allah belanı versin! İnşallah kahrolursun, yanarsın, batarsın! Kaç yaşında adamsın, sana kötülük etsem ne olacak? Babam yaşındasın, sana el kaldıramam ama bedduam tutar inşallah!" diyerek arkamı döndüm ve çıktım gittim. Oradan çıkışta telefonum çaldı. Arayan, telefonumu açmayan o malum; benim yanımdayken, sizin de okurken sevmediğiniz kişi arıyordu. Bir de onu yazıyorum, siz düşünün...

Telefonu sert bir şekilde, direkt, "Neden açmıyorsun telefonunu!" diye bağırarak açtım. O da bana sertçe, "Ne oluyor, hayırdır? Sakin ol!" dedi.

Güya evdeymiş, haberi yokmuş. Zaten ben de salaktım, yerdim bunları... Telefonuna mail düşmüyordu ya da böyle bir haberi mağazadan ona haber vermeyeceklerdi sanki... Neticede tüm sektörde olay olmuştu o mail, emindim. Böyle bir mail de belki de tarihte ilk defa atılıyordu tüm sektöre bir anda...

Akşama görüşeceğimizi söyledi ve kapattı telefonu sakince. Yani teşekkür etmesini beklemiyordum ama insan adam gibi davranırdı, değil mi? Sonuçta "Bir şey olmaz, git sat gel." diyen oydu, hediyeler de onundu ve ben onun çocuğu var diye onu yakmamış, kendimi yakmıştım. Bu nasıl bir ikilemdi? Sanki önümde şeytan, arkamda melek; iki taraf da beni çağırıyordu fakat hiçbirine gidemiyordum. Üçüncü seçenek ise kendini o yoldan aşağı fırlatmaktı. Galiba ben üçüncü seçeneği yapmıştım, kendimi bir güzel yakmıştım ve aklımda o soru vardı: Anneme ne diyecektim? Bu duyulursa mahvolurdu kadıncağız. Dürüst biriydim, böyle bir şey benim başıma nasıl gelirdi? Bu durumu hak etmemiştim gerçekten. O anki psikolojimi anlatacak kelime bulamıyorum. Şarkıda diyor ya, "Ölüm gibi bir şey oldu ama kimse ölmedi." Vallahi o an öyleydi. Ölüm oldu, beni öldürdü ama yaşıyordum. Bitkisel hayat gibi; nefes alan ama atamayan bir kalp gibiydim. Can çekişiyordum resmen...

Zorluklarda ne kadar çok sabır gösterirsen ve
her derdin Allah'tan geldiğini bilirsen,
zorluğu kolaylaştırıp
onu bir kaşık suda boğabilirsin.
Yapabilirsin!

Dünya bitse, ömür tükense,
son durakta olsan bile; çıkmadık candan,
canındaki Allah'tan ümit kesilmez.

Anneme hiçbir şey söylememeye karar vermiştim. Dolmuş yıkamaya devam edecek, o arada hemen iş bulacaktım. Planlarımı hemen yapmam gerekiyordu çünkü para lazımdı ve ben o istifa kâğıdına imzayı atarken iş yerinden almadığım maaşım vardı ama yatacak mıydı, imza attığımda bilgi var mıydı okumamıştım bile o sinirle...

Akşam olmasını ve beni aramalarını bekliyordum. Sektörden duyan insanlar tek tek arıyordu ama kimsenin telefonunu açacak yüzüm kalmamıştı. Cidden herkes beni hırsız mı bilecekti? Bu durum bana çok ağır gelmişti. Kendime göre doğru olanı yapmıştım. Evi, çocuğu var diye isim vermeyerek kendimi yakmıştım. Doğru olan bu muydu? Siz söyleyin; doğru olan bu muydu?

Bilmiyordum ama bana göre şer gözüküyordu ancak her an aklımda olan bir cümle vardı: "Her hayırda şer, her şerde bir hayır vardır ancak biz bilemeyiz, ALLAH bilir." Eve gidemezdim bu saatte, en iyisi büfeye gitmekti. Yapacak bir şeyim yoktu; eve gitsem, annem "Neden geldin?" diye sorardı ve bir şey diyemezdim. Telefonum susmuyordu; arayan arayana, mesaj atan atana...

"Ölsem..." diye düşünmedim değil, "Bu durumda sadece ölüm kurtarabilir beni." diye söyleniyordum içimden. Büfeye gidene kadar ne senaryolar kurdum ne senaryolar... Büfeye geldiğimde gözümdeki korku, telaş, endişe, adını ne koyarsanız koyun; arkadaşım beni hayata pes etmiş bir beden ve ruhum ortadan ikiye ayrılmış bir şekilde görünce, hemen anladı. "Merhaba." demeden "Ne oldu?" diye sordu ama öyle bir ruh hâlim vardı ki utanıyordum anlatmaktan böyle bir şeyi, gerçekten çok ağır gelmişti. Hiçbir şey anlatamadım büfeci arkadaşıma ama "Bir şey yok." diyerek geçiştirsem de bir şeyin olduğu belliydi. Telefonumun çalmasını ve gelip beni almalarını, bundan kurtulmayı bekliyordum. Zaman geldi, telefon çaldı ve iki müdür yardımcısı beraber geldiler beni almaya. Şaşırmıştım; ikisi çok ayrı karakterdelerdi, beraber iş yapıyor olamazlardı. Tamam, yakınlardı, biliyorlardı birbirlerini ama beni beraber almaya gelmeleri bende o anlık bir şüphe uyandırmıştı. Arabaya bindiğimde, "Ben ne halt edeceğim?" diye direkt sordum. "Sakin ol, bir yere gidelim, oturalım, konuşalım." dedi. Beni düşünen, iyi olan müdür yardımcısı Furkan. Kötü olan, kazık atan Sercan hemen girdi konuya, "Sakin ol oğlum, çözeceğiz, iş mi yok sana? Sen doğru olanı yaptın, sakin ol." diye. Yüzünde hafif bir gülümseme hissediliyordu, mutsuzluğumdan mutluluk çıkarmış gibiydi kendine ya da onu yakmadığım için böyle değişik bir sevinci vardı. Sonra arabayı bir köşeye çektiler ama benim hâlim harap bir şekildeydi. Ellerim saçlarımdaydı, durmadan ayaklarımı sallıyordum ve dişlerimi sıkıyordum. Psikolojisi gidik bir hâl almaya başlamıştım. Durduğumuz yerde büfe vardı. Furkan Abi, "Gidip içecek bir şeyler alayım, ağzımız dilimiz kurumasın. Ne istersiniz?" diye sordu. Ben yemek bile yememiştim. Şekerim mi düşüyordu bilmiyorum, bayılacak gibiydim. Furkan Abi içeceği sorduğunda hissetmiştim açlığı ve baygınlığı...

"Abi bana bir kek, bir de su al." dedim, Sercan da söyledi istediğini ve Furkan arabadan indi. O arada Sercan hemen bana döndü. "Sakin ol, sana iş bulacağız hemen, rahat ol sen, abilerinin yanında korkma." gibi birkaç cümle söyledi ama tam algılayamıyordum, gözlerimin falan kapandığını hissediyordum; hemen Furkan'ın gelmesini ve keki yemeyi düşünüyordum. Şekerim düşmüştü, tansiyonum falan oynamıştı herhâlde; doktor değildim ama bedenimi tanıyordum, iyi hissetmiyordum. Zaten iyi de değildim, iyi değildim...

Furkan gelene kadar Sercan'ın hiçbir cümlesini doğru dürüst anlamamıştım. Furkan geldi, bana kek ve çikolata almıştı. Hemen aldım ve yemeye başladım. Furkan anlamıştı bir şeyim olduğunu, "Oğlum, iyi misin sen? Su da iç." falan diyordu. Arkama yaslandım, çikolatayı yedikten sonra biraz kendime gelmiştim. Su içtim, keki köşeye koydum ve beklenen an: Bir anda bağırmaya başladım, küfürler savuruyordum, "Ne halt edeceğim lan ben!" diyerek ikisine de bağırıyordum. Furkan sakinleştirmeye çalışıyordu, Sercan da tedirgin olmuş bir hâlde bana bakıyordu; bir şey diyemiyordu çünkü suçlu oydu, onu yakmamak için kendimi kor ateşe atmıştım. "Ya insan kendini bile bile ateşe atar mı?" demeyin, vicdan meselesi, ben atmıştım. Belki de kerizlikti bu...

Furkan, "Çözeceğiz." diye diye beni sakinleştirmişti.

Bizde ALLAH'ın dediği olur.
Çekeriz derdi, çileyi;
dökeriz gözyaşlarını sel gibi;
öldük deriz ama ölmeyiz.
Duasız kaldığımızda çaresiz kalırız, bilmeliyiz.

O arada durmadan telefonum çalıyordu, arayan spotçuydu. "Bu da niye arıyorsa!" diye söylendim Furkan'a doğru. "Kim o?" dedi, "Spotçu." dedim. "Aç aç, belki yine birileri gitmiştir." dedi, doğru söylüyordu; o an düşünemiyordum zaten. Açtım direkt telefonu, spotçu güzel bir ses tonuyla, "Müsait olunca bana bir uğra, konuşalım, çok sinirliydin." falan dedi. Asla gelmeyeceğimi, bana yaptığı yanlışı unutmadığımı söyleyerek liseli tribi atar gibi bir tavır takınmıştım hafiften. Furkan bir şey olmadığını anlayarak, "Şimdi sakince konuşalım." diye konuya girdi ve bana direkt, "Oğlum sen salak mısın? Niye isim vermedin?" diye sordu.

"Abi nasıl vereyim? Sercan Abi 'Benim çocuğum var, evim barkım var, kaç yaşındayım...' falan dedi; ne diyecektim beni öyle bir duruma soktuktan sonra? Gidip nasıl ismini vereyim? Adam resmen 'Asla benim ismimi söyleme.' demedi mi? Demedin mi Sercan Abi?"

Sercan, suratında ifadesiz bir hâlde, "Evet söyledim ama ben böyle olacağını bilemedim. Maili görünce beynimden vurulmuşa döndüm vallahi." dedi ama "Vallahi." demesine rağmen inanmadım. O surat ifadesini görseniz siz de inanmazdınız. Furkan sertçe Sercan'a dönerek, "Lan sen nasıl böyle bir şey dersin? Parayı fazla fazla alırken iyi, değil mi? Ne olacak şimdi? Bu çocuk nasıl işe girecek, nereye girecek? Derdi var mı tasası var mı biliyor musun?" diye Sercan'a kükredi resmen. Sercan aslında biliyordu dertlerimi, ona ilk başta anlatmıştım ihtiyacım olduğunu. Furkan bilmemesine rağmen daha düşünceliydi ve daha abice yaklaşıyordu her şeye. Sercan, hiç utanacak bir tip olmadığını bu cümle ile gösterdi:

"Nereden bilebilirdim böyle olacağını, bilsem yapar mıydım? Ne diyeyim şimdi, Aslan'a teşekkür mü edeyim böyle yaptı diye? Allah Allah! O da biliyordu böyle bir riski olduğunu. Ne yapayım yani?"

Bu cümleleri duyduğumda, yumruklarımı ve dişlerimi sıkmaktan, kendimi kasmaktan çatlamak üzereydim. Furkan, Sercan'a biraz küfürlü bir argo ile bağırdı. Sercan arabadan indi, sigara yaktı; kapıyı sertçe, suratımıza kapatır gibi kapattı. Bense izliyordum. Yanışımı izliyordum. Ölüşümü izliyordum. Ruhumu teslim ediyordum. Dokunsalar ağlayacaktım. Feryadım figanım içimde patlıyordu.

Sercan dışarıda telefonla konuşurken uzaklaşmıştı arabadan. Furkan direkt, "Abicim bak, bir şeye ihtiyacın varsa söyle. Harçlığın yoktur falan, böyle şeyleri söyleyebilirsin bana, ben senin abinim." dediğinde sarılmak istedim ama sarılamadım, sarılacak hâlim dahi yoktu. Teşekkür ettim, gülümsedim. "İş bulmam gerek acil." dedim. "Öz geçmişini hazırla sen, bana getir, birkaç alışveriş merkezine gidelim dağıtalım beraber. Buluruz bir iş kısa zamanda. Senin şu an acil bir ihtiyacın var mı?" diye sordu. Çok acil ihtiyaçlarım vardı tabii; elektrik, doğal gaz, kira ödemeleri; kardeşim, annem... Neler geçiyordu aklımdan neler ama "Sağ ol abi." demekle yetinebildim o soruya sadece...

Bu soruları aslında bana Furkan yerine Sercan sorması gerekirdi. Sercan yüzünden olmuştu, bana rahat rahat "Bir şey olmaz, git sat gel." dediğinde yakmıştı beni. Orada, "Geri dön, riski var." deseydi, belki de hiçbir şey olmayacaktı ama para tatlı, parayı seviyordu. O para hemen gelecekti, o da hemen yiyecekti. Onun için benim işim gücüm ya da ben önemsizdim. O anda Sercan arabaya geldi ve biner binmez "Ben bir iş buldum Aslan'a." diye gülümsedi. Hemen zıpladım, "Nerede, nasıl yani?" diye. Bir alışveriş merkezinde bir ayakkabı markası söyledi ve müdürünün arkadaşı olduğunu, onu aradığını, yarın öz geçmişimi götürmemi söyledi. Furkan da "Bak, iş bulduk. Bundan sonra da şöyle yapacağız: Hediyeleri satarken sana bir veriyorsak artık üç vereceğiz; ben de Sercan da." dedi. Sercan'ın suratından düşeni görseniz o an, resmen adamda deprem etkisi yarattı bu cümle. "Vermem." der gibi bakıyordu. Ona ihtiyacım yoktu zaten; yapılan işte hakkımı vermeyen hakkımdan fazlasını verir miydi? Verse de sadaka olarak görürdü. Teşekkür ettim ve "Hakkım neyse onu verin yeter." diyerek konuyu kapattım. Ertesi güne hazırlık yapmam gerekiyordu, öz geçmiş hazırlanacaktı. Evde elektrik yoktu, doğal gaz yoktu, kira geliyordu, ödemeler vardı. Ablamın düğünü için alınanların ödemesi ve kardeşime gönderdiğim para da bitti bitecekti ve benim cebimdeki para hiçbirine yetmiyordu. Tükenmişlik sendromuna böyle giriyor işte insan... Yirmi iki yaşında bir ağaçtım; bütün yapraklarım dökülmüştü, bütün köklerim yağmursuzluktan kurumuştu. Oradan beni eve bırakmışlardı ve ertesi güne kadar zaman geçmesi için bekleme zamanı gelmişti ama büfeye uğrayıp öz geçmiş hazırlamam gerekiyordu. Onu da halledip eve geçtim. Akşam oldu; yattık, uyuduk. Sabah kalktık.

Uyandığımda Furkan'dan bir mesaj vardı. "Öz geçmişinden fazla getir, her yere dağıtalım." diyordu. Kalktım, hemen giyinip evden çıktım, tekrar büfenin yolunu tuttum. Öz geçmişimden on yirmi tane basıp söyledikleri yerlere gidecektim. Sercan'ı aradım, arkadaşının numarasını aldım, alışveriş merkezinin yolunu tuttum. Öz geçmişimi bıraktım ve oradan çıktım, "*ELEMAN ARIYORUZ*" yazılı her mağazaya öz geçmişimi bıraktım. Annem ise beni işe gittim biliyordu, söyleyememiştim akşam. Zaten utancımdan onunla oturup sohbet bile etmemiştim, direkt odama geçip yatmıştım, hâlini hatırını dahi soramamıştım. Öz geçmişleri dağıttıktan sonra elimde bir öz geçmiş kalmıştı, fotokopisini çektirip başka bir alışveriş merkezine gidip orada da dağıtacaktım. Gidip fotokopisini çektirdim yirmi tane daha ve başka bir alışveriş merkezine doğru yola koyuldum. En kısa sürede bir yerden haber gelmesi gerekiyordu. Kahvaltı bile etmemiştim, ağzım belki de kokuyordu ve ben hiçbir şey hissetmiyordum. Su dahi içmemiştim, yine şekerim düşecekti ama aklıma dahi gelmiyordu bu...

Diğer alışveriş merkezine gidip tekrar dağıtmaya başladım. Üç dört saat içinde en az kırk elli mağazaya öz geçmişimi bırakmıştım. Saat öğleni çoktan geçmişti ve Furkan arıyordu. "Ne yaptın abim, iyi misin? Dağıttın mı öz geçmişini? Nerelere bıraktın? Yemek yedin mi? Paran var mı yok mu?"

Adam bu soruları sorarken Sercan ne yapıyordu? Aramamıştı bile. Furkan'ın abiliği beni iyi ediyordu. Bir abiye, bir kardeşe en ihtiyacım olan zamandı ve kırk kat el olan Furkan, kendi akrabalarımdan bile daha samimi, daha yakındı. Beni tanımıyordu çok fazla ama derdimle dertlenmişti. İyi bir insandı, bu sefer yanılmıyordum fikrimde. Furkan telefonda, Sercan'la konuştuğunu, ayakkabıcıya beni kesin alacaklarını söyledi. Sevinmiştim. Haber vereceğimi söyleyerek telefonu kapattım. Saat geçiyordu ve ben hâlâ öz geçmişimi dağıtıyordum. Alışveriş merkezindeki bütün mağazalara bırakmıştım. Neredeyse akşama doğru yemek yemem gerektiğini anladım ve dışarı çıktım. Metro durağına yakın bir alışveriş merkezi idi, simit poğaça türü bir şeyler alacaktım. Param olmadığı için metroya yürüdüm. Bir büfeden açma ve meyve suyu alıp karnımı doyurdum. Yerken, sabahtan beri hiç sigara içmemiş olduğumu fark ettim çünkü sigaram dahi yoktu ve alacak param da yoktu. Telefonum tekrar çaldı, Furkan Abi tekrar arıyordu. "Gelip alayım mı seni?" diye sordu, "Gel abi." dedim. Orada, otuz dakika falan bir bankta oturdum, Furkan'ı bekledim. Geldi aldı beni, arabaya biner binmez "Bir sigara ver abi." dedim. Tebessümle uzattı. "Sigaran yok mu lan?" diye sordu, ben de bittiğini söyledim ama anlamıştı.

Beni eve bırakacaktı. Biraz sohbet ettik kafa dağıtmak için. Benzin almak için benzinlikte durdu, "Tuvalete gidip geleyim." dedi ve geldiğinde bana beş paket sigara almıştı. Böyle şeyler bu durumlarda insanın ağrına gidebilir, benim de gitmişti. "Ne hâle düştüm?" diye değil de bana yardımcı olan insanın kırk kat el olması ağır geliyordu. "Abi niye aldın? Ayıp ediyorsun." diye söylendim ama bana akıl dolu ve abice bir cevap vermişti:

"Aslan, ihtiyaç zayıflık değildir, ihtiyaç sadece ihtiyaçtır." dediğinde verecek cevabım yoktu, susmuştum. Nerelere öz geçmiş bıraktığımı sordu, ben de anlattım bir bir. "Kesin dönüş olur, bayağı dağıtmışsın, merak etme." dedi. Beni eve bıraktı, vedalaştık. O kadar iyi geliyordu ki Furkan Abi bana, hiç gitmesin istiyordum yanımdan, hep abi kardeş gezelim istiyordum ama hayat o kadar güzel bir şey değildi. Eve geldiğimde annem, kulağı kapıda beni bekliyordu. Sabah çıktığımdan dolayı bir şey olduğunu düşünmüş ve akşam hiçbir şey demediğimden dolayı telaş yapmış biraz. Oturdum sohbet ettim onunla. İşimin iyi gittiğini, yakında her şeyin düzeleceğini, merak etmemesi gerektiğini; elektriği ve doğal gazı çözmeye çok az kaldığını söyledim. Güzel anneme o kadar güzel yalan atıyordum ki... Ama çok masumdu bu yalanlar, biliyorum. Nefsimin dişlerini çoktan kırıp atmıştım, artık bana nefsim diş geçiremiyordu, annem ve ailem için yaşıyordum. Sahtekâr yalanlar değil, pembe yalanlar atıyordum iyi olması ve iyi düşünmesi için...

Annemin gözlerinden ve konuşmasından yorgunluğu belli oluyordu. Sordum "Sen niye yorgunsun?" diye. "Evi temizledim." dedi. Nereden bilebilirdim başka bir eve her gün temizliğe gittiğini? Ben anlamayım diye hiçbir şey de söylemiyordu bana. Çok ağır şeyler yaşıyordum, o yaşa kadar böyle şeyler yaşamamıştım. Yaman bir delikanlıydım; doğrucu ve tutucu ama bu ara kırık bir kol gibiydim, kanıyordum ve gözlerim, akan bir şelale gibi geceleri beni rahat bırakmıyordu. Anneme "İyi geceler." deyip odama geçmiştim. Erkenden odama geçiyordum artık. Evde mumdan başka bir ışık yoktu, su akıyordu sadece ve su da her an kesilebilirdi. Yarın büyük ihtimalle ayakkabıcıdan haber gelecekti, o yüzden heyecanlıydım. Yarın tekrar işe gidiyor gibi evden çıkacaktım ve cebimde sadece gidiş dönüş dolmuş parası vardı. Nereye gidersem oradan dönerdim ama ne yemek ne su, hiçbir şey yapamazdım. Dua ettim ve yattım; ölü gibi uyudum. Ertesi gün tekrar işe gider gibi çıktım evden ve bayağı yürüdükten sonra bir parkta banka oturdum, beklemeye başladım. Birilerini aramam gerekiyordu. Acaba sadece araba ve dolmuş yıkama mı yapmalıydım, oraya mı gitmeliydim? Evet, başka yerden haber gelene kadar oraya gitmeliydim. Saat erkendi ama daha sonra gitmeyi kafama koymuştum. Damga vurulduğum ve kovulduğum mağazadan bir arkadaşı aradım ve imza atarken okumadığım kâğıdı sordum. Maaş için soruyordum ama tekrar içimdeki minik çocuğun ölümünü izleyecektim. Kâğıtta şöyle bir şey yazıyormuş: "*Tüm alacaklarını almıştır.*" Bu ibareyi okumadan imza attığım için tam bir salaktım.

Koskoca firma, benim bir maaşıma bile gözünü dikmişti resmen. Yapacak hiçbir şeyim yoktu. Hayır, hayır, sonrasında asla diyemezdim "Yapacak bir şeyim var mıydı?" diye, "Elimden geleni yaptım mı?" diye. Evet yapmıştım, elimden gelen bu kadardı; bitmiştim, tükenmiştim. Sabır sınavında mıydım yoksa sınavım bile bitmiş miydi benim bu bitişimle?

Yanan insan değişir,
içindeki çocuğu büyütür ve
dik durmasını öğrenir.

Öyle şeyler düşünüyor ki insan zor zamanlarında; kendini kapatıyor, içine gömüyor gözyaşlarını tane tane, tam da göğsünün kafesine ve o gözyaşlarını kimse oradan silemiyordu, kendi kendine tamir etmekten başka çaren kalmıyordu. Kısacası doktor da sen oluyorsun, hasta da... Zorluklar seni köşeye sıkıştırıyor, durmadan yumruk atıyor, hayat denen bu ringde kaçacak hiçbir yerin olmuyor. Yere düşsen yenileceksin, havlu atsan biteceksin ama ailem vardı işin ucunda, o ringde sapasağlam durmak zorundaydım; kardeşim, annem, ablam ne olurdu yoksa? Bu düşüncelerle hep daha dik, daha sağlam durdum o yumruklar karşısında...

Bir ışık, bir yol lazımdı...

"Hayat, eli sopalı bir öğretmen." sözünün tam ortasındaydım öğrenci olarak...

Dakikalar saat gibi geliyordu, saatler gün gibi... Zordu, her şey zordu. Ya insan güneş doğmasın ister mi? Dünya dursun ister mi? Neler istedim neler... Gerçekten sözcüklere sığdıramadığım duygularım var, emin olun...

Kendinizi yerime koyun, siz nasıl hissederdiniz bir düşünün... Hayat resmen beni yere devirip, kollarımı ayaklarımı kırıp, kulağımı sağır, dilimi lal etmişti. Ve beklenen an gelmişti. Ayakkabı firmasındaki iş için arayan kişi, yani bizim müdür yardımcısı olan Sercan'ın yakın arkadaşı, ses tonu soluk bir şekilde "Kardeşim nasılsın?" diyerek konuya girdi. Konuşma ilerledikçe öz geçmişimi incelediklerini ve gerekli yerlere telefon açtığını fakat daha önce çalıştığım -yani kovulduğum, iftiraya uğradığım- iş yerinin arandığını ve oradan benim için direkt "Hırsızdır." dendiğini, bu yüzden olmadığını söyledi. "Kusura bakma." gibi bir cümle kurdu fakat o cümledeki o kelime, hırsız kelimesi, benim ölüm fermanımı imzalamıştı. Bütün suçluyu Sercan olarak görmeye başlamıştım o an. Aslında o anları çok hatırlamıyorum; kelimeler, cümleler hafızamda ama o kötü anlar beni öyle yormuş ki dostum, sana anlatırken canım acıyor, canım acıdıkça hatırlamaya çalışıyorum, hatırlamaya çalıştıkça da boğuluyorum... Yüzüyorum, yüzüyorum ama boğuluyorum. Böyle işte ve bütün öz geçmişimde çalıştığım o firma yazıyordu çünkü ben başka bir yerde çalışmamıştım. O anda işin olmadığını duymaktan çok, her yerin orayı arayıp referans isteyeceğini, kim ararsa arasın herkese aynı şekilde "Hırsızdır o." diyeceklerini anladığımda, dünya başıma bir kez daha yıkılmıştı. Aslında yıkılmamıştı dünya; dünya var mıydı?

İnsan acı anları kolay kolay hatırlamak istemez, belki insanlar bu okuduklarına acı bile demeyebilir fakat her insanın acısı kendisine ve acı çekmeyen insan başkasının acısını tahmin edemez. Ha, bir de şu var tabii: İnsan biriyle ne kadar güzel zaman geçirse de kötü anlar daha kolay hatırlanır, güzellikler kötüyle silinir gider. Böyle düşünenler de olabilir ama bu öyle kötü anlardan değil; bu, hayat tecrübesini öğreten acılardan, büyüten acılardan, kapanmayan yaralardan... Nereden geldiğini her zaman hatırlatan acılardan...

İşte öyle dostum. İş bulamadım; iş vermediler. Leke atılmıştı, çamurun izi kalmıştı. Pis, lanet bir lekeydi bu. Bu kadar zor durumdayken umurumda bile değildi bu dert diyeceğim ama öyle değil; ağrıma gidiyordu, zoruma gidiyordu, yutkunduruyordu boğazımda düğüm düğüm her kelimemi. Utanıyordum bu lekeden kısacası...

İş hayalim kafamdan çıkmıştı, ne yapacağıma dair hiçbir fikrim kalmamıştı. Parkta otururken Furkan aradı. "Ne oldu iş Aslan? diye sordu. Sormaz olaydı, açtım ağzımı yumdum gözümü, Sercan'a verdim veriştirdim, söylemediğim laf kalmadı sinirimden. Furkan, "Sakin ol. Neredesin? İş var, geleyim; gidelim para kazanalım, iyi şeyler için aradım." deyince hemen U dönüşü yaptırdım sinirlerime ve Furkan'ı olduğum yere çağırdım. Beklemeye koyuldum ve beklerkenki düşüncelerimi size aktarayım... Her ne olursa olsun umut etmek hayatın bir parçası. En karanlık günde bile olsan, umut olmazsa güneş doğmaz asla fakat umudunu doğru yere bağlamak gerekir. Benim umudum her zaman tam bir şekilde Rabb'imde idi. Dua ediyordum içten içe her an ve her an aklımda bir ses: "Rabb'in seninle."

Doğru şekilde yapmaya çalıştığım bu işte yanlış anlaşılmış ve yanlış gösterilmiştim fakat Rabb'im her şeyi biliyordu ve korkmuyordum. "Hırsız." diyorlardı, utanıyordum, ağrıma gidiyordu ama ben yanlış bir şey yapmamıştım ve bunu bilen Rabb'im benimle idi biliyordum, hissediyordum. Yaşadığımız zorluklar ne olursa olsun, "Neden?" diye sormaktan çok, "Vardır bir hayır." diye düşünmek lazımdı.

Güzel günler gelecek miydi bilmiyordum ama bundan daha kötüsü olmazdı sanırım, onun farkındaydım. Onun için asla sınavıma isyan edemezdim. Güzel günleri görebilirdim, buna hazır olabilirdim ya da hazırlayabilirdim kendimi fakat kötü, daha kötüsü olmamalıydı, kaldıramayabilirdim, gücüm yetmeyebilirdi, bunun bilincindeydim. "Her hayırda bir şer, her şerde bir hayır vardır." diyerek her şeyin doğrusunu bilen Rabb'ime dualar ederdim, beklerdim ve her zaman Mevlana'nın şu dizeleri aklımda yer alırdı:

"'İsyanlardayım.' dedi.

Hayır, imtihanlardaydı.

Fark etseydi, kurtulacaktı."

Ben fark etmiştim, belki de kurtulacaktım. Rabb'im bilir; her zaman beynimde yankılanan bu satırları hiç aklımdan çıkarmadım, hiç...

Ve elim ayağım tutuyordu. Kötünün kötüsü vardı; sağlık problemim olabilirdi ama sağlığımda hiçbir şey yoktu. Annem ağlıyordu ama psikolojisi biraz bozulmuş olsa da iyiydi şükür. Hamdolsun, iyiydik...

Furkan geldi, arabaya bindim. Arka koltukta bir sürü hediye vardı, gözlerim açılmıştı. Furkan'la birbirimize sarıldıktan sonra, "Bunları satacağız spotçuya. Ara hemen." dedi, ben de hemen aradım. Bayağı hediye vardı, yola koyulduk hemen ve Furkan konuşmaya başladı. "İyi olacak, güzel olacak; korkma, ben varım abim. Sercan konusuna da takılma, o biraz vurdumduymazdır fakat seni sever." İş konusu açıldı. Üzüldüğünü, farklı bir yol izlememiz gerektiğini söyledi fakat ben bir daha alışveriş merkezi ortamında, mağaza ortamında asla çalışmayacağımı, yüzümün olmadığını; hadi bir yere girsem bile, biri kalkıp bir şey derse daha kötü şeyler yaşayacağımı anlattım. Hak verdi. O ara gözlerimden gelen yaşı durdurmak için kendimi zor tutuyordum. Anladı ve konuyu değiştirdi hemen. "Hediyeleri verelim de güzel bir para kazanalım be Aslan!" diyerek gülümsedi. Spotçuya gittik, hediyeleri sattım ve çıktım. Furkan'a döndüm, arabaya bindim, heyecanla paraları verdim fakat Furkan Abi, "Kardeş payı yap da ver." dedi. Yine bana bıraktı ama ben yapamazdım, benim olan bir şey değildi, aracıydım sonuçta ve bu aracılık yüzünden işimden, ismimden olmuştum. Furkan bu sefer yarı yarıya böldü, anlamadım; yani bir maaş kadar para vermişti bana neredeyse. "Bu senin hakkın kardeşim." dedi, ben de hemen, "Abi, fazla değil mi?" dedim. Bana sinirle, "Bizim yüzümüzden işinden oldun, ne fazlası, deli etme! Al cebine koy, ihtiyaçlarını karşıla. Sercan da gelirse sana, payını söyle ne kadar istiyorsan; yoksa götürmeyeceğini söyle. Benden sana abi tavsiyesi." dedi. Başta neden böyle şeyler söylediğini anlamadım ama sonradan düşündüğümde anladım. Ben götürmesem, satmasam, onları Sercan hayatta satamazdı, kendini yakmazdı. Birini yakmadan bu işi yapmazdı. Furkan'dan aldığım parayla doğal gaz ve suyu ve bir aylık kirayı çözüp kardeşime de para gönderecektim. İş bulmam gerekiyordu çünkü elektrik de vardı, o da bayağı para tutuyordu; dört fatura bekliyordu. Bunların dışında elden alınan borçlar vardı. Benim acil bir şekilde bayağı para kazanmam gerekiyordu fakat işim bile yoktu. Furkan beni çarşıya bıraktı, ben de evin oradaki faturaları hallettim. Doğal gazı ödedim ve biraz daha su aldım. Kirayı yatırmak için ev sahibini aradım, teşekkür ettim ve bir aylık kira daha yatırdım. Kardeşimi aradım, ona da harçlık gönderdim ve elimde yine beş kuruş kalmamıştı. Paranın adı vardı, kendi yoktu. Kendi olmasın da zaten; ne işe yarar ki dünya işlerinden başka?

Saat akşama yaklaşmıştı ve aklıma dayım geldi. Durumları çok yoktu ama iş için eleman arıyordu. Maaş konusunda çok para veremiyorlardı durumu olmadığından ama usta çırak misali, çırak olmaya yanına gitmeye karar vermiştim. Kombi, kazan tamiri yapıyorlardı, genellikle kazan tamirlerine giderlerdi. Dayımla konuştum, kabul etti, iki üç güne başlayacaktım yanına fakat oradan alacağım para ancak kiraya yeterdi. Yapacak bir şeyim yoktu, bir yerden bir şeye başlamam gerekiyordu ve ağır bir iş olmasına, parası az olmasına rağmen o işe başladım çünkü başka yerde öz geçmiş isteyeceklerdi, tecrübe isteyeceklerdi ve hiçbir şey gelmiyordu elimden...

Anneme öyle bir sarılacaktım ki dostum, o asansörde kollarımı açık tuta tuta, aynada yüzüme güle güle eve kadar çıktım ve anneme sarıldım sımsıkı. "Doğal gaz ve su halledildi, kira ödendi, kardeşime harçlık gönderdim." deyince annem gözyaşlarını tutamadı. "Oğlum maaşın yine bitti mi?" dedi, evet bitmişti. Aslında maaşım bile yoktu, kadıncağızın bundan hiç haberi yoktu. Dayımla da konuşmuştum, işlerimin durumunu anlatmıştım; başıma gelenleri ve anneme söylememesi gerektiğini de iletmiştim. Dayım güvenilirdi, kabul etmişti, "Tamam yeğenim." demişti yani annem orayı da bilmeyecekti. Aslında buna gerek yoktu, bilse de olurdu ama o an psikolojim her şeyden bir şey çıkarıp bir şey olacağını düşündüğü için böyle kendi çapımda tedbirler alıyordum. Amacım annemin üzülmemesi idi. Bu arada eve geldiğimde elektriklerin, yani daha doğrusu sobanın ve televizyonun çalıştığını gördüm. Şaşırdım bir anda, elektriği annem halletti sandım. Heyecanla sordum; evet, annem halletmişti ama komşunun balkonundan, aşağıdan üçlü prizleri birleştirerek elektrik çekmişti. Binanın dışından görmemiştim, kafamı kaldırsam görürmüşüm; alt komşudan elektriği çekmiş evi ısıtmak için güzel annem. Güzel komşularımız... Böyle komşuları Allah herkese nasip etsin, ellerinden gelen yardımı yapmaya çalışıyorlardı.

Doğal gazı halletmiştim fakat kullanamazdık, elektrik sobası daha mantıklıydı çünkü doğal gaza o kadar para ödeyecek durumumuz yoktu. Su da halledilmişti, sıcak su akacaktı evde artık. İki haftadır duş alamıyordum, annemle konuştuktan sonra mumu aldığım gibi banyoya koştum ve o sıcak suyun ne kadar büyük bir nimet olduğunu anladım. Şükür ettim ve yirmi otuz dakika duştan çıkmadım. Annem banyonun kapısına tıklata tıklata, "Oğlum iyi misin?" diye diye çıkarttı duştan beni. Pamuk gibi olmuştum, ellerim ayaklarım büzüşmüştü. Öyle bir rahatlamıştım ki o duşta, size anlatamam cidden...

İnsan elindekilerinin değerini, kaybedip tekrar bulunca çok çok daha iyi anlıyor. Kaybedince de anlaşılır ama bence kaybedip tekrar bulduğunda çok çok daha değerli oluyor. Hele ki bu insani ihtiyaç ise insan her an, her saniye şükretmek istiyor Rabb'ine. Daha önce asla ve asla duş almaya ya da evde akan suya, sıcacık eve, ışığa, lambaya, sıcak suya, yanan ocağa, sıcacık çaya şükretmezdim, bunları yaşadıktan sonra bütün nimetlere şükretmeye başlamıştım. Hepsi bir armağan idi. Ev sıcacık olmuştu. Sabahtan beri annem elektrik sobasını bütün odalarda yakmış, evin her yerini ısıtmıştı. Duş almıştım, kuş gibi uyuyacaktım. Annemle biraz sohbet ettikten sonra yatağıma geçtim, sabah erken gidecektim. Mağazada temizlik yapılacak diyerek de eşofmanlarımı falan hazırlamıştım, hâlbuki kazan tamirine gidecektim. Pembe yalanlara yine sığınmıştım annem karşısında ve annemde de biraz yorgunluk hissetmiştim. Bir şeyler anlıyor gibiydim ama konduramıyordum, gitmiyordur diye düşünüyordum ama temizliğe gidiyordu. Yeni bir gün doğacaktı yarın bana ve yeni bir iş, yeni bir hayat; düzene sokmam gereken birçok şey vardı. "Bazen hayat seni olduğun yerden alır, başka bir yere koyar ve der ki 'Buradan devam et.'" Gık bile çıkaramaz, oradan devam edersin. Ben de oradaydım işte; yolun sonunda, her şeyin bittiği ama tekrar başladığı noktada...

Geceleri ise zordur. İnsan oturur ve kendiyle konuşur geceleri, belki de ondan böyle uzun gelir gündüzlere göre geceler bizlere. Kendinle konuşurken ise insanın en çok yaptığı hata; sadece kötü, zor, dertli anları aklına getirmesidir; güzel günleri, iyi anları asla düşünmeyiz. Kötüyle saat geçer mi dostum? Ben geçiremezdim, sevmezdim geceleri, uzun gelirdi. Kendime konuşa konuşa, beynimde döndüre döndüre hayal bile kuramayacak hâle getirirdim hâlimi ya da getiririz hâlimizi. Biz dostum; iyi, güzel insanlarız ama güzel ve iyi şeyleri hatırlamakta zorlanırız.

Acının mutluluktan alacağı vardır,
hepsini aldı...
Sağ olsun başarmak için her şeyi yaptı.

Hayatta acıdan asla kaçamazsın dostum.
Bil ki acının alacağı vardır hayattan.
Bunu senin üstünden de alabilir,
benim üstümden de...

Eşofmanlarımı da alıp sabah işe gider gibi çıktım. Dayıma doğru yola çıkacaktım. Büfeye uğrayıp simit ve ayran alacaktım. Büfedeki arkadaşım telefonu ne zaman geri vereceğimi sordu; onun telefonunu kullanıyordum ve vermem gerekiyordu, artık telefon almam gerekiyordu. "Bir iki güne veririm." diyerek oradan simit, ayran aldım ve dolmuşa kadar yürüdüm; dolmuşa binip dayıma gidecektim. O arada Furkan'ı aradım, "Telefona ihtiyacım var abi." dedim. O da yeni telefon almıştı. "Eski telefonunu bir süre kullanabilir miyim?" diye sordum, o da bana hediye edebileceğini söyledi. Güzel telefondu, onun eskisiydi ama benim ilk sattığım telefondandı, yani kısacası çok mutlu olmuştum ama ödünç istediğimi de iletmiştim. Akşam uğrayıp bırakacaktı telefonu bana.

Dolmuşta, hiç kendime zaman ayırmadığımı ve kız arkadaşımın bile olmadığını fark ettim. Normalde hızlı biriydim, biraz da yakışıklı sayılırdım ama bu ara hiçbir şeyle ilgilenemiyordum. Zaten ne gücüm ne de maddi imkânım vardı, kızlarla gezmeye tozmaya vaktim bile yoktu. Dayımın yanına vardım ve kazanı tamir edeceğimiz adrese gittik. Kazan tamiri ilk defa yapacaktım, kazanın ne olduğuna dair fikrim de yoktu. Kakara kikiri devam ettik ve yerin iki kat dibine indik. Kocaman bir demir yığını... "Kazan bu yeğenim." dedi dayım. Elbiselerini değiştirdi; elbiselerini görünce işin ne olduğunu anladım. Giydiği elbiseler yıpranmıştı, kapkara kirli ve yırtıktı. Ne kadar ağır bir iş olduğu belliydi. Ben de üzerimi değiştirdim. Kazanların böyle dilim dilim, ağır demir yığınları olduğunu birçok insan biliyordur. Şu andaki kazanlara internetten baktığımızda lüks olanlarını görebiliriz ama bizim gittiklerimiz hep eskiydi ya da ben onları gördüm. Gittiğimizde dayım tamiri yapacağını, benim de içine girip duvar örmem gerektiğini söyledi. Yani içine bir insan sığardı, oturarak oraya duvar örecektim. Dayım tuğlaları verdi ve çimentodan harç yaptı. Oradan alıp, içeri iki büklüm girip tek tek örüyordum. Simsiyah olmuştum, gerçekten ağır bir işti ve benim el işçiliğim berbattı, el yatkınlığım yoktu ve yeteneğim de yoktu. Dayım kızmıyordu ama güle güle bir hâl olmuştu bana ve ben de gülündüğü için sinirleniyordum. Gençliğime vermek gerek bu siniri. Sinirle de hiçbir işi doğru dürüst yapamıyordum; elime, yüzüme, her yerime bulaştırıyordum. Bu iş gerçekten bana göre değildi, elimden gelmiyordu. Yerdiğimden değil asla ama elimden gelen bir şey değildi. Ağır iş miydi? Evet, çok ağır işti. Ağır iş olmasından ziyade yeteneğim yoktu, kalas gibi biriydim. Akşama kadar sürdü bir kazanın tamiri. Dilimlerini ayırıyorsun, sonra tek tek takıyorsun. Ayırırken ve takarken, elimin yatkınlığı çok kötü olduğu için dayıma ancak vermemi istediği şeyleri vererek yardımcı olabiliyordum ama kazanın son diliminde sıkışmış kalmıştık; yerine girmiyordu, takamıyorduk. Dayım düşünüp bir şeyler yapmaya çalışıyordu, ben de boş boş bakıyordum. Kazandan uzaklaştığımda, dilimin farklı olduğunu, arkadaki dilimle yer değiştirmesi gerektiğini fark ettim. Dayım bir saattir uğraşıyordu, bunu görmemişti. Direkt söyledim, hayret etti çünkü yirmi yıldır bu işi yapıyordu, buna bakmak aklına gelmemişti. Bana döndü ve dedi ki "Aslan, ben sana söyleyeyim; senin kafan fena çalışıyor ama elin berbat. Sen kafanla iş yapmalısın." diyerek gülümsedi. Dilimlerin yerini değiştirdik ve bitirdik işi. Beni eve bırakacaktı çünkü bitmiştim bitmiş, gidemezdim. Bu iş çok ağırdı ama yapmam gerekiyordu. Dayım beni eve bırakırken halamın oğlu Yavuz beni aradı, akranımdı, benden bir yaş küçüktü ama tam bir kuzendi. "Ne haber?" falan diye konuşurken kız muhabbeti açıldı. İnternette yeni bir platform açıldığını, acayip bir yer olduğunu, her gün birileriyle tanıştığını falan söyledi. Ben de şaşırmıştım bu platform karşısında, değişik bir yerdi. "Fotoğraf paylaşılan ve hızla büyüyen bir yer." diye bahsetti. "Hemen hesap aç." dedi. Benim bu elimdeki telefonla açılmazdı ama bir saate Furkan işten çıkıp bana telefonu getirdiğinde açabilirdim, tabii internet paketi falan yükledikten sonra. Her şey dert gibi geliyordu. Neyse, eve geldim, annemi görmeden hemen banyoya daldım. Yıkamış olmama rağmen elim yüzüm simsiyahtı, geçmemişti, asansörde aynada fark etmiştim. Duşa girip çıktım. Doğal gazdan dolayı evde uzun zamandır yemek pişmemişti, ocakta çok güzel bir koku vardı. Evde, mumlar eşliğinde annemle güzel bir yemek yedik. İnsanlar mum ışığında loş bir hava yaratırken, bizim hayatımızın parçası olmuştu mum ışığı. Bu durumdan bile güzellik çıkarabiliyordum, anneme espriler yapıp yüzünü güldürüyordum. Telefonum çaldı ve Furkan geldi telefonu vermek için. Koşa koşa aşağı indim, Furkan'dan telefonu aldım, teşekkür ettim, eve çıktım hemen. Anneme telefonumu sattığımı dahi söylememiştim, size söyledim mi daha önceden bilmiyorum. "Telefonum tamirden geldi." diyerek anneme telefonu gösterdim. Eve çıkmadan önce büfeye gidip arkadaşıma ait olan telefonu da teslim etmiştim. Hattımı yeni telefonuma taktım ve internet paketi yükleyip hemen kuzenimin dediği uygulamayı indirdim ve orada gezinmeye başladım. Çok garip bir yerdi. Telefon numarandan Facebook'a bağlanıp arkadaşların seni bulabiliyor, ekliyordu. Hemen bir sürü istek gelmeye başlamıştı. Tüm dünyada insanlar fotoğraf paylaşıyordu, değişik gelmişti. Etiketler bölümüne Ankara yazıyordun, Ankara'daki kişilerin fotoğrafları çıkıyordu. Arkadaşlık kurmak istediğini ekliyordun, fotoğrafları beğeniyordun, onlar beğeniyordu, yorumlaşıyordun... Hoşuma gitmişti beni oyalıyordu uygulama ve zaman geçirmek, kafamı dağıtmak için doğru yerdi. Hem de yeni arkadaşlar edinebiliyordum. Saat geceye doğru gelirken, gözümden uyku akarken ben hâlâ elimde telefon, uğraşıyordum o platformda...

Burayı kısa keseceğim. Günlerim hep aynıydı; elimde telefon, sabah iş yani kazan tamiri, zorluklar, hayat mücadelesi ama bir yandan da telefonla sohbet muhabbet; ta ki hayat bana bir şans sunana kadar, ta ki hayat bana "Hadi Aslan!" diye fısıldayana kadar, ta ki hayat bana gülümseyene kadar...

Aslında doğmak kolaydı, ölmek de kolaydı, yaşamak kolaydı. Zor ve imkânsız olan hayatın ta kendisiydi ve hayattaki en kıymetli, en lezzetli, en harika şey zamandı. Gençliğimin baharında, zamanı iyi kullanmam gerektiğini geç de olsa fark ediyordum yavaş yavaş...

Beynimde bir ses yine bana seslenerek, "Ölümün olduğu dünyada neden dünya işlerine bu kadar takılıyor ve üzülüyor, kendini kırk parçaya kırıyorsun?" diyordu sürekli. Bu ses bana yardımcı olmak için miydi yoksa hayata karşı daha da hırslanmama sebep miydi bilmiyorum. Sen düşün, sen oku, sen söyle dostum; hangisi?

Herkes her şeyi, bir şeye bırakır.

Zamana bırakabilir, arkadaşının dostunun yanında olmasına bırakabilir, şansa bırakabilir, hatta ve hatta kadere bırakabilir...

Ben ALLAH'a bırakmıştım çünkü bilirdim kaderin üstünde bir kader var ve asla kadere isyan etmedim çünkü kaderin elinde değildi hiçbir şey ve yine bilirdim ki kaderi de yazan vardı...

Konuma geliyorum tekrardan dostum... Günlerim aynı, monoton geçiyordu; ta ki ben, telefonumdaki uygulamadaki ekleme taleplerine bakana kadar...

Evdeydim. Ertesi gün izinliydim. Gece iki üç sularıydı, tam hatırlamıyorum; elimde yine telefon bağımlısı gibi halk dilinde internette sörf yapıyordum zaman öldürmek için. Bilmiyordum bütün zamanımın orada geçeceğini. Ekleme taleplerine baktım ve ne göreyim? Satış yapmak için hep satış sayfaları eklemiş, yüz iki adet ekleme talebinden seksen tanesi satış sayfasıydı. "Bu ne arkadaş? Alışveriş yapmak istesek ekleriz değil mi?" diye söylene söylene hepsini iptal ettim.

Hiçbir şeyi akışına bırakmadım,
her şeyi Allah'a bıraktım.
Bıraktığım ne olursa olsun,
emin elde olsun istedim.
Ben kendi şeytanımı böyle dişledim!

Tevekkül Zamanı

Yattım uyudum. Sabah kalktığımda gözümde bir ışık ve aklımda satış sayfaları vardı. Yani ilahi bir düşünce girmiş beynime, onu oraya yerleştirip çıkmıştı sanki. Yataktan daha çıkmadan, "Ben müdürlerden hediyeleri alırım ve burada satarım." dedim. Düşündüğümde çok kârlı bir iş gibi gözüküyordu, aklıma yatmıştı; sadece elimde para yoktu, sermayem sıfırdı. Yardım istesem kim ederdi? Gerçekten yardıma muhtaç olduğumuz zamanlarda kimse yokken, şimdi eli iş tutamayan Aslan'a kim para verirdi ki sermaye yapsın diye? Kimse vermezdi tabii ki...

Elime telefonu alıp uygulamayı açtığım gibi tek tek araştırdım, baktım, ettim; satacağım ürünlerden satan var mı diye. Bir iki saat dolaştım o platformda ve herkesin sahte sattığını gördüm, orijinal satan yoktu. Bu benim için büyük bir fırsattı ama sermaye de bulmam şarttı. Aklıma Furkan'la Sercan geldi. Yirmişer hediye alsam onlardan, "Spotçuya satacağım." desem ve bekletsem, "Bir hafta sonra ödeyecek." desem, arada büyük bir kâr kazanırdım çünkü sattığımız hediyeleri mağaza fiyatlarından çok çok altına satıyorduk. İnternette satarken ise çok kâr edecektim ve benim ufak da olsa sermayem olurdu fakat Furkan ya da Sercan beklerler miydi bilmiyordum. Nasıl yapabilirim diye internette araştırmadığım yer kalmadı. O konu hakkında tüm bilgiye sahip olmalıydım, vaktim varken bunu yapmalıydım. Belki de şans ayağıma gelmişti, belki de hayat bana fısıldamıştı ve kaybedecek hiçbir şeyim yoktu. Araştırmalarım sonucu bu işi gerçekten yapabilirdim ve gerçekten dürüst yaparsam bu yolda yürüyebilir, hatta koşabilirdim. Bunu yapabilirdim; yapandan neyim eksikti, kaybedecek neyim vardı? Hiçbir şeyim yoktu ve cesaretlendiriyordum kendimi.

Yataktan çıkmadan saatlerce; o uygulama bu uygulama, o site bu site gezdim ve karar verdim: Bu işi kesinlikle yapacaktım. Şimdi sıra sermayeye gelmişti. O sıralar durumu iyi olan bir amcam vardı ama ben arasam kesinlikle vermezdi bana para mara, o yüzden annemi aratmak istedim. İlk önce hediyeleri alacağım yeri ayarladım ve annemle konuşmaya gittim. Baştan sona işi anlattım, o da "Sen yaparsın oğlum, sen yaparsın biliyorum. Tek ümidim sensin." dedi ve sonuna ekledi:

"SEN BU AİLENİN ARTIK BABASI SAYILIRSIN; SEN DÜŞERSEN EV DÜŞER, SEN DÜŞERSEN ANNEN DÜŞER, SEN DÜŞERSEN KARDEŞİN DÜŞER... O YÜZDEN DÜŞME OĞLUM, ASLA DÜŞME. BU YÜK SANA AĞIR GELİR BİLİRİM; ALLAH YANINDA SEN DE BUNU BİL OĞLUM VE UNUTMA Kİ ALLAH KİMSEYE KALDIRAMAYACAĞI YÜK VERMEZ." dedi. Bu cümleleri asla ve asla unutmadım ve biliyordum; ALLAH kimseye kaldıramayacağı yük vermezdi ve bu benim övünme şeklimdi, bunu söylemiştim daha önceden de. Güçlüyüm ki ALLAH bana bu görevi verdi. Annem, amcamı aradı ve o zaman çok büyük bir para olmayan bir miktar borç istedi fakat amcam “Hayır.” dedi.

Ümitlerim kırılmıştı ama yılmak yoktu, asla yılmak yoktu. O zamanlar faturalı hatlar üzerine telefon alınabiliyor, taksit taksit ödeniyordu. Hâlâ var bu gerçi ama o zamanlar yeni yeni türemişti. Benim üstüme çıkmazdı, birisini bulmam gerekiyordu. O telefonu alıp, satıp, parasını sermaye yapıp, sonra taksit taksit ödeyecektim fakat kim olabilirdi ki? “Elinde işi gücü olmayan, borç içinde yüzen, evinde elektriği bile olmayan Aslan’a kim güvenir?” demeyin; ALLAH birini yollar, o güvenir. Samimi bir abim, Yalçın Abi’m, adam gibi adamdır kendisi; kendisinin de durumu yoktu fakat hep yanımda olmak istediğinin farkındaydım. Ara sıra arar, hâl hatır sorardı. Sorarken bile yanımda olmak istediğini fark ettirir ama elinden bir şey gelmediğini de anlardım. Yalçın Abi’mi aradım, durumu anlattım. “Benim üstüme çıkarsa hemen alalım kardeşim.” dedi sağ olsun. ALLAH bir kapı açmıştı işte, bu iş olacaktı. Yalçın Abi’mle hemen o gün bastık gittik bir telefon bayisine ve büyük an: Üstüne telefon çıkıyordu. Fakat telefonu aldığımızda, taksitlendirdiğimizde çok yüksek bir rakam çıkıyordu ve telefonu satarken de bayağı zarar ediyorduk. Yalçın Abi yüzüme şöyle bir baktı, “Oğlum ödersin, ödeyemezsen ben öderim ama sen bu işi yaparsın biliyorum, koçlar gibi ödersin, korkma. Buraya kadar geldiysek ALLAH bu işi istiyor demektir.” dedi ve döndü telefoncuya, “Tamamdır, ver imzalayayım kâğıtları." dedi. Telefonu aldığımız gibi koşar adımlarla satmaya gittik. Sattık, parayı aldık. Para düşündüğüm kadar çok değildi telefonu alış fiyatımıza göre fakat bu büyük bir fırsattı benim için. Annem, kardeşim, ailem için bir fırsat, bir şans, bir armağandı. Çok heyecanlıydım, çocuklar gibiydim, elim ayağım birbirine girmişti sanki. Hediyeleri alacağım kişiyi aradım ve yanına gitmek için Yalçın Abi ile yola çıktık. Gittik, vardık ve aldık. Elimde tam tamına on yedi tane hediye vardı, bunları sattığım zaman otuz dört tane daha alabilecektim ama tabii o arada geçimimizi sağlayacağım için o kadar alamayacaktım. Yüzde yüz kâr ediyordum büyük bütçelerde olmasa bile; yani şöyle söyleyeyim dostum: Elli altmış yetmiş liradan alıp yüz yüz on yüz yirmi liraya satıyordum tanesini. Hoş daha hiç satmamıştım ama fikrim, düşüncelerim bu yöndeydi. İnsanların bu hediyeleri tercih etme sebebine gelirsek; bu ürünlerin fiyatlarının mağazalarda iki yüz iki yüz elli lira olmalarıydı. Yalçın Abi'yle "Yaparız; yapamayız.", "Hadi Aslan, hadi koç! Yanındayım, yaparsın sen!" gibi cümleleri konuşa konuşa eve döndük. Elimde o an sanki bir çanta değil banka kasası var gibi hissediyordum. Bunu çok görmeyin, "On yedi tane hediyecik." demeyin, okumaya devam edin...

Yalçın Abi'ye çok teşekkür edip, "En kısa sürede ödeyeceğim, merak etme abi." deyip, vedalaşıp eve çıktım. Eve çıkar çıkmaz ilk yaptığım şey satış sayfası açmak oldu. Platformda kişisel hesabı bir kenara atıp satış sayfası kurmuştum ve odama çekilmiş bir şekilde durmadan insanları ekliyor, fotoğraflar çekip çekip yayınlıyor, altlarına "%100 Orijinal" ibareleri koyuyor, başka sayfalara girip onlara bakıyor, onları taklit ede ede işi öğrenmeye çalışıyordum. Zaman alacaktı bayağı insanların güvenini kazanmak ve satış yapmaya başlamak çünkü hiç takip edenim yoktu satış sayfamı. Bunu çoğaltmak için arkadaşlarıma mesajlar atıyordum, "Ekleyin, yeni işim." diye ve durmadan tanımadığım insanları ekliyor, fotoğraflarını beğeniyor, dikkat çekmeye çalışıyordum. Benim kişisel sayfama diğer satış sayfaları ne yapıyorsa ben de hepsini yapıyordum yorulmadan, uyumadan. Neredeyse hiç durmadan elimden geleni yapıyordum. Olacaktı, olmalıydı...

Arkadaşlar tek tek eklemeye başlamıştı, ablam ve kuzenim kendi sayfasında beni önermişti, arkadaşlar paylaşmaya başlamıştı. O zamanlar en ünlü site Facebook'tu, oradan öneriler yapıyorduk insanlara. "Ekleyin." diye baskı yapıyordum, "Yayınlayın." diye baskı yapıyordum... Kimde ne hatırım varsa, küçücük de olsa hepsini kullanıyordum. Ertesi güne kadar devam ettim böyle. Ertesi gün kazan tamiri için yine dayımla işe gideceğim için o ara ilgilenemeyecektim ama zaten gittiğimiz yerlerde telefon da çekmiyordu. Günler böyle geçti. Aradan on gün geçmişti ve bir tane ürün bile satamamıştım. Artık hayallerim suya, ümitlerim çamura ve ben mezara düşmüş gibiydim. "Olacak olmalı." dediğim iş için artık "Olmayacak." demeye başlamıştım, "Yapamıyorum." diyordum. ALLAH'ım güç ver, sabır ver, bu borçları ne yapacaktım? Bir de telefon borcu çıkmıştı. Ürünleri spotçuya götürsem aldığım fiyata alacaktı, anca o kadar; o da yetmeyecekti. Her şeyi berbat mı etmiştim? Kazan tamirinde bile başarısızdım. Bunları düşünürken dayım, "Tornavida. Tornavida Aslan, tornavida!" diye bağırdı. On kere tekrarladığını söyledi. Kafam gitmişti, ufacık beynim de gitmişti. On gün olmuştu satamamıştım ama takipçi sayım dört yüzü geçmişti. Dört yüzden bir kişi çıkmaz mı? Şans gülmüştü dediğim bu kadar gülmüştü işte; dört yüzde bir kadar bile gülmemişti daha doğrusu ama var bir hayır, vardır bir hayır...

Furkan'la Sercan aramalarına rağmen bakmıyordum çünkü satış yapsaydım eğer onların hediyelerini kendime alacaktım fakat bir tane bile satamamıştım. Yine başarısızdım, yine başarısızdım...

"Çaresiz kaldığım zamanlarda,
gider bir taş ustası bulur, onu seyrederim.
Adam belki yüz kere vurur taşa
ama değil kırmak,
küçücük bir çatlak dahi oluşturamaz onda.
Sonra birden, yüz birinci vuruşta,
taş ikiye ayrılıverir.
İşte o zaman anlarım ki
taşı ikiye bölen o son vuruş değil,
ondan öncekilerdir."
-Jacob Riis

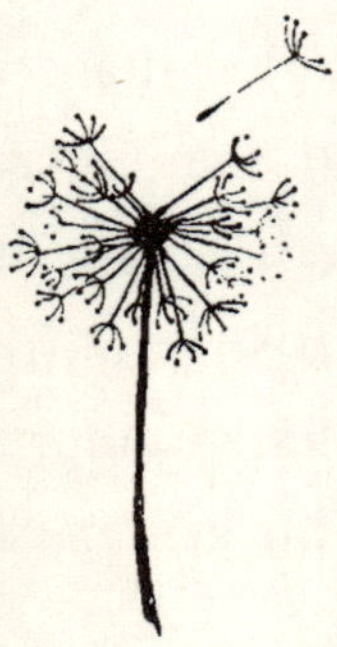

Bu alıntı aklıma geldi. Nereden okuduğumu dahi hatırlamıyordum ama ihtiyacım olan buydu, bu düşünce tarzıydı. Yılmamalı, durmamalıydım ve kulağımda annemin, "OĞLUM, SEN DÜŞERSEN EV DÜŞER." cümlesi yankılanıyordu. Tekrar alevlendirebilmiştim içimdeki umudu...

Akşam eve yorgun argın gidiyordum ve tekrar beğeniler, eklemeler devam ediyordu. Durmuyordum. Dört yüzde bir olmayan, yedi yüzde birde de olmamıştı. Günler geçmiş; elektrik ve doğal gaz tekrar gelmiş, kira gelmek üzere, su ise bitmek üzereydi. Durmuyordum, hiçbir şekilde durmayacaktım, bu iş sonum dahi olsa devam edecektim. Dediğim gibi günler artık tamamen monoton olmuştu, iş olsun diye yapmadığım hiçbir şey kalmamıştı ve kalbimdeki his ve tevekkül tamdı. ALLAH'a güveniyordum ve işim artık ALLAH'a kalmıştı; bu da yine aklımda şu cümleyi hatırlamama sebep olmuştu. Çaresizliğimin içerisinde güzel bir düşünce, güzel bir cümle idi. "Lan Aslan, sen hep kendi kendine demez miydin 'İşin ALLAH'a kalmışsa olmuş bil.' diye?"

"Evet." dedim, öyle derdim ve elimden gelen her şeyi yapmıştım hem maddi hem manevi olarak. Duamı etmiştim, artık bu küçücük ellerden sadece dua gelirdi çünkü ne yapsam ne etsem de olmuyordu, olmuyordu. Aradan bir hafta daha geçti dostum, takipçi sayım bin beş yüzü aşmıştı. Aynı zamanda bu süre içerisinde bir iki kez elime hediyeleri alıp gezmiştim; arkadaşlarımın yanına, devlet dairelerine falan gitmiştim ve yine bir tane bile satamamıştım. Dayımla kazan tamirine devam ediyordum ve telefonun ilk taksiti gelmek üzereydi.

Maaştan versem; dayımdan aldığım para çok bir para değildi, anca kiraya ve elektriğe yeterdi, kendime sigara alacak parayı bile bulamıyordum. Ara sıra yerden izmarit topladığım bile oldu. Bu zamanlara da şükür, yine elimiz ayağımız tutuyordu ama zor zamanlardaydım ve ailem de bu zor zamanları yaşıyordu; en çok da annem. Hem kocası gitmişti hem oğlunun biri askerdeydi, onun hasretini çekiyordu hem bu zorlukları yaşıyordu fakat annem; yaşı gereği mi diyeyim, inancı gereği mi diyeyim bilmem, benden daha güçlüydü. Bir şey olacaktı, biliyorum bir şey olacaktı; ayağa kalkacağım bir tılsım ya, bir tılsım... Kalksam koşacağım; yani öyle bir hâldeydim ki önümde küçücük bir bariyer vardı geçmem gereken, tam önünde duruyorum ama adım dahi atamıyorum. Arkama bakıyorum; arkama biri gelse, şuradan bana bir tekme atsa da bariyeri düşerek geçsem, kalkarım oradan, kalkar giderim, yürümem koşarım. O bariyeri geçecek gücü bulsam kendimde; bir destek, bir yardım bulsam; tekme de olurdu, yumruk da olurdu, itekleme de olurdu... Bir yardım sonrasını çözeceğime çok emindim.

Günlerin böyle geçeceğini düşünerek her gün kendimi üzüyordum. Ne olacağını dahi düşünmeden adımlar atıyordum. Bir şekilde burayı geçmem gerekti, gerekiyordu. "Kaderimin kırıldığı yer." diyeceğim ama çok kırıldı bu kader, kırılacak yer kaldı mı? Bence kalmadı dostum, kalmadı. İnsanın yaşarken ruh hâlini kaybetmiş, ölmüş gibi hissetmesi kötü bir his. Gündüzün gecelerden daha çabuk geçtiği, gece saatlerin erimediği bir zamandaydım. "Geceleri daha çok üzülüyor insan." derler ya, evet doğrudur çünkü gündüz yaşam mücadelesinden düşünmek daha zordur geceye göre. Gece, oturup dertlerinle baş başa kaldığın zamandır; kaldıkça da düşündüğün, dertlendiğin, kederlendiğin zamandır. O yüzden geceler daha dertlidir her insan için...

Gelelim konumuza... Yine işteyim, yani dayımla kazan tamirindeyim, telefon çaldı, arayan müşteriydi. Evet evet, ilk satışım evetttt! O gün yüzümdeki gülümsemeyi size anlatamam; bütün umutlarım ateşlenmişti bir anda. İlk satışım; hem de bir adet değil, yedi adet birden satmıştım. İnanamamıştım o an. Dayımı bırakıp dışarı çıkmıştım. Ünlü bir caddede, üstü başı toz topraktan simsiyah bir genç, ilk satışını yapmak için elinde telefonu, herkesin ortasında volta atıyor, sağa sola yürüyor telefonla konuşarak. O an herkesin bana baktığını bile fark etmiyordum. Herkesin gözü bendeydi çünkü çok pis bir elbise vardı üzerimde ama kimin umurunda? İlk satış, ilk... O neşeyi size anlatamam. Güneşi doğdurmuştum tekrardan hayatıma ve bu alevlenme nasıl büyüyecekti, buyurun beraber görelim...

Günler geçmeye başladıkça mesajlar ve aramalar çoğaldı çünkü uygulamada daha önce fark etmediğim bir şey fark etmiştim. Bir satış sayfası, "Karşılıklı birbirimizi paylaşalım, müşterimizi çoğaltalım." demişti. Birbirimizi paylaştığımızda ise ona yirmi kişi, bana yüz elli kişi gelmişti. Ben de bunu fark ettikten sonra hiç durmadan bütün satış sayfalarına mesaj atmaya başlamıştım "Birbirimizi paylaşalım, müşterilerimizi paylaşalım, ikimiz de iş yapalım." gibi tebessümlü mesajlar gönderiyordum herkese ve dört kişiden biri kesin dönüş yapıyordu. Birbirimizi paylaşıyor, birbirimize takipçi müşteri yönlendiriyorduk. Aradan bir hafta geçtiğinde, üç haftada sekiz yüz kişi zor yaptığım takipçi sayım tam tamına beş bin kişiye ulaşmıştı. O arada tanıştığım arkadaşlardan Hüseyin diye bir abi bana çok yardımcı olmuştu çünkü onun kendisine ait, o platforma ait çok büyük bir sayfası vardı ve beni sevmiş, destek olmuştu. Bu destekler, takipçiler sonrası iş bir anda yürümeye başlamıştı. Daha önce üç haftada tek bir satış yapmışken, bu bir haftada dört müşterim daha olmuştu. Bu alevlenmenin en büyük sebebi vazgeçmemiş olmamdı ve tam tamına, ALLAH'ın insanlarla bana destek yardım göndermesiydi.

Hayatın en acımasız günlerinde
bir ses beklersin,
biri el uzatsın istersin,
yardım beklersin ama gelmeyecektir.
Bunu bile bile beklersin.

Artık güzel şeylerin olmasına
o kadar çok ihtiyacım vardı ki...
O sırada içimdeki çocuk ayağa kalktı ve
"Hadi." dedi, "Hadi güzel günlere..."

Sercan her gün arıyordu fakat açmıyordum. Ben açmadıkça mesajlar atıyorlardı. Furkan'a ara sıra cevap veriyordum "İyiyim abi, sıkıntı yok. Arayacağım seni." diye ama Sercan'a hiçbir zaman cevap vermedim. Beklemeleri gerekiyordu, şu an arayamazdım ikisini de çünkü ellerindeki hediyeleri spotçuya satmak istemiyordum artık, para biriktirip kendim almam gerekiyordu. Daha çok para kazanmalıydım, daha çok iş yapmalıydım, durmak yoktu artık. Elimdeki hediyeleri bitirmiştim, tekrar almam gerekiyordu, tekrar bir kişi ayarlamam gerekiyordu. İnternetten araştırıyordum "Bu sefer nereden alabilirim?" diye ama bulamıyordum, internetten almak çok zordu çünkü herkes sahte satıyordu. Ben sahte satmayacaktım asla, kendi kendime verdiğim en büyük sözdü bu. Sahte satmakta çok daha fazla para vardı ama insanları kandırmak bize yakışmazdı. Bir müdür yardımcısı buldum ve biraz daha aldım; param yettiği kadar. Ne elektrik ne kira ne kardeşim; hiçbir şeye para vermeden sermaye yapmam gerekiyordu. Bunları sattıktan sonra sıraya koyacaktım faturaları, kirayı, kardeşimi, telefon borcunu, her şeyi ama biraz daha satış yapmam gerekiyordu. Korkuyordum, çok korkuyordum; ya parayı kaybedersem, ya orijinal yerine bana sahte verirlerse; her şeyi düşünüyordum ama beynim, derdim kadar büyük değildi fakat ALLAH her şeyden büyüktü ve yanımdaydı biliyordum. Karşılıklı birbirimizi paylaşma işiyle devam ediyordum, sayfayı günbegün yükseltiyordum. Etrafımdaki insanlar, arkadaşlarım ve tanıdıklarım da sayfayı gördükçe artık mesaj atıyor, soruyor, ürün almak istiyordu. Anladım ki böyle işlerde güven meselesi öyle kalpten olan bir şey değildi, prestij istiyordu. Sahte değil diye elli tane yemin de etsen sayfaya bakmak daha cazipti insanlar için. Bu platform, prestij için işe yarıyordu. Etrafımdaki insanları tekrar aramaya başlamıştım. Mahallemizde, oturduğumuz yerde Mükerrem Abi vardı. Yaşça büyük ve konumu devlet dairesinde, çok güzel bir yerdeydi. Onun yanına gittim ve anlattım "Böyle böyle abi, sizin kuruma gelip satmak istiyorum." diye, o da "Olur, ben sana kefil olurum. Seni tanırım, beş yıldır sıkıntılarını da az çok çocuklardan biliyorum." diye bana abilik yaptı ama o kurum çok büyüktü, gittiğimde elimde fazla hediye olması gerekiyordu, bunlar asla ve asla yetmezdi çünkü insanlara alternatif sunmalıydım. Mükerrem Abi, "Bizim katta sadece kırk kişi var, hepsine gösterirsin, alanlar olursa yayılır. Bütün kurum ister senden marka olduğu için. Herkes sever indirimli ürünleri." dedi. Mükerrem Abi'nin dediği doğruydu, insanlar marka düşkünüydü ve markayı ucuza almak çok zordu; aslında biz fırsatı ayaklarına getiriyorduk fakat prestij ve güven zor meseleydi. Ticareti yavaş yavaş anlıyordum. Aslında ticareti değil de sıcak satış olayını tam tamına anlıyordum. Mağazadaki gibi değildi. Mağazada müşteri gelir, "Şu marka" der, gösterirsin ve satarsın; satmazsan da sorun olmazdı, başkası alırdı ama bu sefer öyle değildi. Birebir ilgileniyor, servis veriyor, alması için elimden geleni yapıyordum. Furkan ve Sercan'dan hepsini almak için elimdekileri bir an önce satmam gerekiyordu. Kazan tamirini bırakmalıydım, bu işle daha çok ilgilenmem gerekiyordu; artık günde on kişi yazmaya başlamıştı. Dayımla görüşüp, paramı isteyip, işten ayrılacağımı, bu işi yapacağımı falan anlattım ama dayım sağ olsun, "Oğlum saçmalama, böyle iş mi olur? Sen asla ve asla yapamazsın, olmaz bu iş. Ben böyle bir şey ne duydum ne gördüm, buradan yürüyemezsin." diye biraz ters bir cevap verdi ama iyi yaptı, güzel yaptı; amca, dayı derken hayata karşı daha hırslandım ya da azimlendim. Bu işi kesin ve kesin yapacaktım. Annemin de dediği gibi; ben düşersem, ev düşerdi!

Günler artık insanlarla telefonla konuşarak, mesajlaşarak, arkadaşlarımın yanlarına hediyeleri götürüp satmaya uğraşmakla geçmeye başlamıştı. Emin olun iki liranın hesabını yapıyordum. Dolmuşa binmem gereken yerde binmiyor, yürüyordum. Sigara almam gerekiyordu, almıyordum. Bir lira, bir liraydı ve o bir liraya ihtiyacım olduğu günleri hemen değil, asla ve asla unutamazdım. Geçmişimde har vurup harman savuran biri değildim, hiçbir zaman öyle bir maddi gücüm olmadı ama çok hata yapmıştım, farkındaydım bu hatalarımın. O kadar güzel yönü vardı ki, bir daha yapmamayı öğretti bana, görebiliyordum geçmişimdeki hatalarımın bana ne kadar zarar verdiğini. Beni o zamanlar çok yıpratmış olsalar bile, bir daha aynı hataları yapmamak için de beni güçlendirmişlerdi. Hatalarımdan ders çıkarmak benliğimde çok büyük bir yer kaplamıştı, düşünme tarzım tamamen hatalarımdan ders çıkarmak olmuştu. Her şey muamma geliyordu artık. Görüşüm, düşüncem karışık, gördüğüm her şey karışık, geleceğime yön vermek zordu fakat ALLAH'a güveniyordum. Gözyaşlarımın sele kavuştuğu zamanları biliyordum. Yatağımda, yastığımda ödenecek bedeli ödemiş miydim huzura kavuşmak için bilmiyordum, emin değildim hiçbir şeyden. Bir dizide izlediğim, yani dinlediğim şu mısraları aklıma getirdim çünkü ikinci bir hayata, ikinci bir şansa adım attığımı biliyordum. O bariyerleri düşerek geçmiştim artık...

"Herkes ikinci hayatı yeni bir şans olarak görüyor
Öyle değil...
Kimse önceden söylemez ama
İkinci hayata başlamak için
Ya dostlar çevirecek sana sırtını
Ya da sen dostlara...
Kimse bahsetmez doğruların yanlışlara karıştığı bir zamandan.
Herkesin bir yana dağıldığı,
Kendi yaptıklarımızın, kendi yuvamızı salladığı bir zamandan.
Dostların 'Elveda' demeden gittiği,
Silahların masumlara verildiği,
Dünyanın ters düz edildiği bir zamana geldik.
İkinci bir şans kazanmak dostum,
İlk şansı kaybetmek demektir.
Tam kazanacakken, birden yenilmek demektir.
İkinci hayat dostum,
İkinci hayat, ilkinde ihanete uğramak değil,
İlkine ihanet etmek demekmiş.
Herkes ikinci bir şanstan bahseder ama
Kimse kötülüğe açılan kapıdan nasıl girmiş,
Hatırlamak istemez.
İlk hayatla ikinci hayat arasında bir ömür vardır dostum
Hiçbir şey bitmez
Ama her şey değişir!"

Bende de öyle oldu. Her şey değişiyordu ama hiç, hiçbir şey bitmiyordu ve acı çekiyordum çünkü sevdiğime iyi edeceğim şeylerin elimden gideceği korkusu beni bitiriyor, eritiyor, sızlatıyor, çatır çatır çatlatıyordu tam orta yerimden...

"Aslan, sen aslansın." diyordum, "Adın Aslan, senin adın!" "Her adın bir anlamı vardır, sen de aslansın işte." diyordum, "Yürü, devam et." Tesellim kadere teslim olmaktı ama çarem de kadere başkaldırmaktı. Başkaldırmak derken, isyan etmek anlamında değildi bu, sadece ve sadece dua ile kaderimin değişmesini beklemekti Allah'tan...

Ve yalnızlığımın en güzel tarafı Rabb'ime sığınmayı daha da öğrenmek oldu çünkü zaman geçtikçe beni seven herkesi kendimden uzaklaştırmayı öğrenmiştim çünkü her şeyi yalnız yapmam gerekiyordu. Yalnız kalan bir insan, yalnızlığından kimseye bahsedebilir mi?

Günler geçiyordu. Günler geçtikçe sayfam büyüyor ve satışlarım artıyordu. Artık kendime çeki düzen verme, faturalara düzen koyma vakti çoktan gelmişti. Annemin, benim iş yaptığım zamanlardaki heyecanı hâlâ gözümün önünde. Dua edişleri, gülümseyerek "Evin erkeği, hoş geldin." demesi...

Gençtim. Çocukluğumda dahi iyi şeyler yaşadığımı hiçbir zaman düşünmedim, düşünemedim ama hepsi geleceğime hazırlıktı. Bilmiyordum, fark edemiyordum. İşlerim yavaş yavaş oturuyordu, az çok para kazanmaya başlamıştım. Dediğim gibi, Furkan ve Sercan'dan hediyeleri almak istiyordum, onlarla görüşmem gerekiyordu, biraz daha toparlamam gerekiyordu kendimi. Elime valizi alıyor, içine hediyeleri koyuyor, satışa çıkıyordum. Dolmuşa binip oradan oraya geziyordum. Dışarıda yemek dahi yemiyordum, çok acıktığımda simit yiyordum. Cebimde param olmasına rağmen yapmıyordum bunu, yapamazdım, tasarruf zamanıydı. Biliyordum, yine sınavdaydım, ALLAH deniyordu beni. "Ne yapacak Aslan?" diyordu, "Para kazanınca ne yapacak? Bu parayı iyi işlere mi kötü işlere mi harcayacak?" O zaman o platformda bir kızla da tanışmıştım. Onunla da mesajlaşıyor, buluşuyor, geziyordum ara sıra. Yavaş yavaş hayatımı rayına oturtmaya başlamıştım. Günlerim artık az çok demeden para kazanmaya dayalı olmuştu. İşleri büyütüyordum. Takipçi sayım, diğer satış yapanlarla karşılıklı birbirimizi paylaşa paylaşa yirmi bin kişiyi geçmişti. Mesaj atan, arayan sayısı günde çoktan altmış yetmiş kişiye ulaşmıştı. Furkan ve Sercan'la görüşmek için telefon açtım ve hediyeleri spotçuya götüreceğimi söyledim. Hediyeleri aldım, spotçuya gider gibi yola çıktım ve "Bu sefer tek gideceğim, siz gelmeyin." diyerek onları yolladım. Spotçu yerine eve gittim. Hediyelere baktım, saydım, yarayacak olanları ayırmak yerine hepsini kendime ayırdım. Aradan iki üç saat geçince ilk önce Furkan'ı aradım. Furkan her zaman bana yardımcı olmaya çalışan biriydi; biliyordum, hissediyordum. "Furkan Abi, spotçu yerine kendime aldım ürünleri, ben ödeyeceğim ama bana zaman verir misin?" diyerek ne kadar ödemem gerektiğini sordum. Onun verdiği cevapsa beni çok mutlu etmişti dostum...

"Oğlum niye söylemiyorsun? Ne kadar ödemek istiyorsan öde. Abi kardeş payını da düş, hakkını da düş, hatta ve hatta on tanesi sana hediyem olsun; 'Hayırlı işler' hediyesi." dedi.

Adam gibi adamdı doğrusu! Teşekkürü ederken boğazım düğüm düğüm olmuştu. Belki kendine borç biliyordu bana iyilik yapmayı ama ben daha önce böyle abilik görmediğim için çok duygulanıyordum. Sıra Sercan'da idi fakat Sercan'a, Furkan'a dürüst olduğum kadar dürüst olmayacaktım çünkü ters konuşurdu, işim rast gitmezdi. Sercan'a, hediyeleri spotçuya bıraktığımı, hiç parası olmadığını, iki haftaya ödeme yapacağını ilettim. Bu olaya çıkıştı, "Böyle olur mu? Parayı getir." falan dedi ama öyle bir dünya yoktu, bekleyecekti, yapacak bir şey yoktu. "Ararım abi." deyip kapattım. Artık Mükerrem Abi'nin çalıştığı yere gidebilirdim. Elimde bir sürü, marka ürün vardı. Mükerrem Abi'yi aradım "Tamamdır abi, gelebilirim artık." diye ve sayfaya da bir sürü fotoğraf çekip ekledim. Bu arada faturaları falan hallettim dostum; evimizde elektrik, doğal gaz, su vardı artık. Kardeşime de harçlık gönderdim, ablamın borçlarını az az ödemeye devam ettim o sırada. Kira borçları duruyordu ama onları çözmeye de kısa süre kalmıştı ve annem evde durduğum için, çoğu zaman hiçbir yere gitmediğim için teyzeme, komşuya çok gitmiyordu ya da şöyle söyleyeyim; temizliğe gidemiyordu. Bu sefer gerçekten komşuya gidiyor, bir saat oturuyor, geliyordu ve babamdan hiç haber yoktu. Nerede, nasıl, ne yapıyor bilmiyorduk; aslında bilmek de istemiyorduk. Babama çok kızgındım, bırakıp gittikten sonra bir kez bile aramamıştı. Bütün bu zorluklara maruz kalmamı onun suçu gibi görüyordum. Ertesi gün olmuştu. İki üç çanta hazırlamıştım, onları dolmuşla götürmemim imkânı yoktu. Babası vefat eden arkadaşım Hüseyin'i aradım, arabası vardı, götürmesi için rica ettim, kırmadı. Geldi, gittik beraber.

Gittiğimde çok heyecanlıydım. Mükerrem Abi iyi, mülayim, dürüst, herkesin güveneceği bir insandı. Yanına gittim; çay, kahve, sohbet muhabbet derken bana iki cümle söylemek istedi. "İznin olursa düşüncemi söyleyeceğim senin hakkında." dedi. "Buyur abi estağfurullah." dedim. "Bak Aslan." dedi, "Seni beş altı yıldır tanırım, çocuğumun anlattığı kadar da bilirim. İnsanların size bakış açısının düzgünlüğünü de bilirim, ne sıkıntılar yaşadığını da bilirim. Sen yılmadın, devam ettin ve bence büyüyecek, güzel yerlere geleceksin. Benden sana abi tavsiyesi; harama bulaşma çünkü helal yüz liraya haram bir lira girerse, yüz bir lira haram paran olur, unutma." dedi ve ekledi, "Sen ailene bakmak için bu işlere girdin, biliyorum. Baban sana helal yedirdi mi yedirmedi mi bilmem ama sen ailene helal rızık götürürsen, Allah sana daha çok rızık verir. Daha çok verir ki daha çok kazanmak isteğini içine koyar, kalbine düşürür ve bekler. Bekler ki sen daha çok, daha çok istediğinde, helaline haram katacak mısın; bakmak, görmek ister." Teşekkür ettim ve hiçbir zaman bu cümleleri kulak arkası yapmadım, her sözcüğü aklıma mıh gibi kazıdım. Haklıydı. Düşündüğümde tamamen haklı olduğunu anladım. Ve satış zamanı herkes büyük bir odada toplanmıştı. Odada en az otuz kırk kişi vardı, hepsi de marka düşkünüydü. Mağazalarda çalışırken dikkat ettiğim, hep elbise ve ayakkabı tipiydi. İnsanlar elbiseleri, ayakkabıları ve çantalarıyla belli ediyorlardı kendilerini. Herkesle tek tek ilgilendim, servisler verdim, anlattım neden ucuz olduğunu; hediyelerden alıp alıp sattığımı, tek tek her şeyi anlattım herkese. Orada yaklaşık üç saat geçirdim ama değdi, altmış iki adet hediye satmıştım. İlk defa bu kadar para kazanmıştım, herkes almıştı marka olduğu ve ucuz olduğu için. Annesine, kızına, abisine alanlar; kendisine ikişer tane alanlar ve sipariş verenler dolmuştu. Burası gibi iki üç kurum bağlasam; yürümez, koşmaz, uçardım resmen. Çok büyük ümitlenmiştim ve dediğim tek cümle: İYİ DEĞİLİM DEMEK NE HADDİMİZE? ŞÜKÜRLER OLSUN HER HÂLİMİZE...

Mükerrem Abi'ye çok teşekkür edip bir hediye vermiştim "Benden olsun abi." diyerek fakat kabul etmemişti. "Ben haftaya alacağım, hem eşime hem kendime." demişti, "Var şu an, gerek yok." diyerek beni uğurlamaya kalkmıştı. Oradan dışarıya çıktığımda, Hüseyin'le arabaya bindiğimde, bağıra bağıra "Oley lan! Oley lan!" diye sevinmiştim. Hüseyin de şaşırmıştı, "Oğlum manyak mısın, sakin ol." dedi ama sakin makin olamazdım arkadaş, olamazdım; büyük gündü. Sercan'ın parası çıkmış, Furkan'ın parası çıkmış ve hatta kira parası da cebimde kalmıştı ama tekrar istemem gerekiyordu Sercan ve Furkan'dan, hamle yapmam ve iyice büyütmem gerekiyordu. Sercan'ı aradım, "Adam yarısını ödeyecek fakat yenilerini istiyor. 'Hemen gel al yarısını. Yenileri varsa getir, getirdiklerini hemen ödeyeceğim.' dedi." dedim. O da "Var, getireyim otuz kırk tane." dedi. Akşama getirecekti. Sıra Furkan'da idi. Furkan'ı aradım, "Abi ne kadar vermem gerekiyorsa söyle." dedim, "Ne kadar veriyorsan ver oğlum, vermesen de olur." gibi konuştu. Yine bana bırakmaya çalışıyordu az çok demeden. Ne kadar vereceğimi de düşünemiyordum ama hakkını vermem gerekiyordu. Onunla da akşam görüşecektim ve ona da adamın tekrar yenilerini istediğini ilettim, o da getirecekti yirmi otuz adet.

Tekrar tekrar almak için yenilerini bulmam gerekiyordu, akşam Furkan'la bu konuyu konuşup yardım isteyecektim. Bu arada dostum, internette satış sitemde kırk mesaj, Whatsapp'ta otuz mesaj bekliyordu ve on kişi aramıştı, açamamıştım. Hepsine tek tek dönüş yapmaya başladım ve karşılıklı reklam, karşılıklı sayfa paylaşımına her saat devam ediyordum. Artık nevrim dönmüştü, beynim bitmişti, her şeyi hemen yapmak istiyordum; sabırsız, tahammülsüz bir hâle gelmiştim. Dayımın sesi kulağımda çınladı:

"Hırsla azim arasında dağ kadar fark vardır. Hırs yaptığında hiçbir şeyin sonunu düşünmez, 'O yolda kimi çiğnedim, kime haksızlık yaptım?' demez, o yolun sonuna varmak için her şeyi yaparsın ama azim öyle değildir; sabrederek, isteyerek, bekleyerek, kimseyi ezmeden, kimseyi üzmeden, geç olup güç olmadan o yolun sonuna varmaktır."

Azimli olmalıydım, hırslı değil. Hırs yapmamalıydım.

Akşam olduğunda ilk önce Sercan'la görüştüm. Yeni hediyeleri aldım, öncekilerin parasının yarısını verdim, "Bunların parasını da yarın vereceğim." diyerek arabadan indim. Çok muhabbet etmiyordum Sercan'la. Sercan gittikten sonra da Furkan gelmişti. Furkan'la arabada bir saat sohbet ettik, durumları anlattım, o da getirdiği hediyeleri bana verdi ve "Ne zaman ödemek istersen öde. Spotçuya tanesi elli altmış yetmişten veriyorduk, sen benden kırka al, sana güzellik yapmış olayım." dedi. Bu adam gerçekten adamdı ve Furkan'ın getirdiği markalar her zaman Sercan'ınkinden iyiydi çünkü Sercan da elden satıyor ama saklıyordu. Eve çıktığımda evde annemin beni güler yüzle ve sıcak yemekle karşılaması her şeyin stresini alıp götürüyordu benden, her şeyin... Bütün stresim, derdim gidiyordu. Annem gülüyordu; evde neşe ve huzur dolaşıyordu ve annem o neşenin, huzurun koluna girmiş, onlarla dost olmuş gibiydi. Artık ağlamıyor, düşünceler beynini kaplamıyordu. Önce Allah'a, sonra bana güveniyordu ve bu, sabah akşam çalışmama, her şeye değerdi. Annemin dualarını her zaman evde gizlice dinlerdim. O dualar değişmişti; önceden her şeyin iyi olması için ağlamaklı, hıçkırıklı olan dualar; yerini şükür, hamt ve daha iyi olması dileğine bırakmıştı. Bu anlatılacak bir şey değil, yaşaman gerekir dostum; tarifi imkânsız bir an...

Yenildim deme asla.
Yenilgiden sonra zafer öğrenilmez mi?
Savaştan kaçma asla.
Kötülüğü iyilik yenemez mi?

Zor günlerde sabır gösterir,
iyilik adına adımlar atarsan
zor bile uğraşamaz seninle,
bunu bil dostum...

Ve işten başka bir hayatım daha olmuştu; bir kız arkadaş. Ona sadece mesajla ve arayarak zaman ayırabiliyordum, o yüzden isyandaydı. Artık ona zaman ayırmam, sık sık görüşmem gerekiyordu; hem onun için hem de kendim için. Biraz kafam dağılsın, rahatlayayım istiyordum. Onunla buluşmaya, gün içerisinde bir iki saat onunla görüşmeye, onunla vakit geçirmeye başlamıştım ve günlerim iş güç ve kız arkadaş diye geçmeye başlamıştı fakat zaman geçirmek için bile acı çekiyordum çünkü lise aşkımı, yıllar geçmesine rağmen, o kadar insanla tanışmama, o kadar kız arkadaşım olmasına rağmen hâlâ unutamamıştım. Hiç mi hiç aklımdan çıkmıyordu lisedeki büyük aşkım. Bu, hayatıma giren insanlara haksızlık mıydı? Evet, haksızlıktı ama başka yol da yoktu. Unutmak için bir yol bulmam gerekiyordu ama unutamıyordum. Hangi yola baş koyarsam koyayım olmuyordu. Unutmuş gibi olduğum zamanlarda bile, birden aklıma geldiğinde dünyayı durduruyordum o an... Kısacası, ne olursa olsun unutamıyordum.

O günlerde şunu fark ettim: Bir iki ay gibi bir sürede, bir yıldır kazanamadığım kadar para kazanmıştım. Bu parayı ürünlere yatırmış ve faturalara harcamış olsam da neticede kazanmıştım ve gün gün büyüyen bir sayfam vardı. Yirmi bin demiştim değil mi size en son? Otuz bin kişi olmuştum dostum, otuz bin kişi olmuştum! O anları çok anlatamıyorum çünkü çok hızlı gelişen olaylar, hızlı gelişen bir hayat vardı. İkinci hayatıma adım değil, resmen uçarak girmiştim ve platformda satış sayfalarıyla ve insanlarla aram çok iyiydi, herkes birbirine her şeyi anlatabiliyordu. Sanal ortamda dostluklar kurmuştum, dostlarım vardı ve sözüm geçiyordu çünkü bu karşılıklı reklam işini en iyi yapan ve yayan, başkasından öğrenmesine rağmen, bendim. Konular benden geçiyordu ve reklam çeşitlerini geliştiren bendim. Sevenim çok olduğu gibi sevmeyenim de çoktu sanal ortamda, hoşuna gitmediğim çok insan vardı, emindim çünkü birçok sayfa durduk yere beni engellemişti. Nedenini hiçbir zaman sormadım, sormak dahi istemedim, vaktim yoktu buna. Yürümeye devam etmeliydim yanımda kim olduğuna bakmadan. "Allah var." diyerek koşuyordum geleceğime...

Bu ara ne aşk ne meşk; ne dert ne tasa, hiçbir şey aklımda değildi; sadece iş, iş, iş, iş... Hayatımda ilk kez fırsat yakalamıştım ve boşa çıkarmayacaktım bu fırsatı, değerlendirecektim. Gün geçtikçe büyüyen bir sayfam ve büyüyen bir işim vardı artık...

Furkan arıyor, ürün getiriyor; Sercan arıyor, ürün getiriyor... Herkese nakit para vermeye başlamıştım. Spotçu da arayıp ürün istiyordu ama artık ona ürün götüremiyordum, yetişemiyordum çünkü. Onun da tek kapısı bendim, o yüzden yine vicdanım rahat etmediği için ara ara az da olsa ona da götürüyordum. Ona da durumu anlattım, "Kendim satmaya başladım. Madem bu işlerden adım çıktı, ben de parasını kazanacağım." dedim, o da sağ olsun bana abilik yaparak yolu yordamı öğretti. Yeni yeni başladığım için çok eksiğim vardı ve yaptığım iş normal mağazacılık gibi bir iş değildi; internetten, sanal ortamdan insanları güvendirmek çok zor bir işti. Yüz yüze verdiğin servis gibi müşteriyle diyalog yoktu; internette sadece klavye başından ya da telefonda konuşarak satmak çok zor bir işti. Mimik yok, hareket yok, karşındakinin davranışlarını ve ifadesini görmek yok; ne desen yanlış olabilir, ne desen inanabilir. Kısacası zor bir işti dostum ama yavaş yavaş her şeyi öğreniyordum. Çok eksiğimin olduğunun farkındaydım. En önemlisi, internetten bir şey sattığında her müşteri kargo ücretini ödemek istemez ya da onu kar olarak görürler. Yüksek fiyatlı kargolarda her zaman laf yiyebiliyordum, kargo işini çözmem gerekiyordu ama anlaşmak için şirket gerekiyordu, şirket için ofis gerekiyordu, ofis için para gerekiyordu; şirket için de para gerekiyordu. Bu işi başka türlü çözmeliydim. Spotçu abiden ayrıldıktan sonra direkt evin oradaki kargo şubesinin yolunu tuttum. İşlerin nasıl işlediğini, prosedürü öğrenmek için sorular sordum, cevaplarını aldım. Hiçbir şekilde bana uymayan şeylerdi; o ara sermayemi, yani ürünlerimin satışından kazandığım parayı şirket açmaya veremezdim, gücüm yetmezdi. En azından bir iki ay daha beklemeliydim bunun için fakat kargo parası müşterilere ağır geliyordu, bunu çözmem gerekiyordu. Mahallemizde büfeye sürekli gelen Serhan diye kargocu bir arkadaş vardı; o arkadaşı arayıp buldum, derdimi tasamı anlattım. Beni tanıyan biriydi, sohbetimi severdi. Anlayışla karşıladı. "Ben bu işi çözerim, merak etme sen, ne zaman istersen beni ara. Kargo yollayacağın zaman söyle, burada görüşürüz, alırım kargonu yüzde elli indirimle gönderirim." dediğinde dünyalar benim olmuştu. Rast gidiyordu şükür her şey, Allah yanımdaydı; biliyordum, hissediyordum, inanıyordum...

Evden satışım artık günde beş on arasına çıkmıştı ve takipçim gün gün artıyordu. O kısa süre içinde kiraları bitirmiştim. Sadece kardeşime askerde harçlık ve ablamın borçları kalmıştı, onları da yavaş yavaş halledecektim. Eve her geldiğimde odama geçip ürünleri tek tek sayıyordum. Hiç satılmadığı gün dahi sayısını ezbere bilmeme rağmen sayıyordum, siliyordum, seviyordum hepsini tek tek çocuğum gibi o zamanlar. Güzel günlerdi; güzel, heyecanlı, korkulu ama umutlu günlerdi. Her bir sattığım ürünün karşılığı altındı bende, külçe külçe altındı her biri gözümde. Tabii başkaları da altın gibi görüyordu işimi. Kısa sürede toparlanmış, ailemi toplamış, borcu harcı bitirmiş, yürüyen bir işe sahip bir Aslan vardı artık herkesin gözünde. Nazar kötü şey, çekememezlik kötü şey tabii. Ben bunu, kargoya gelip, maliyecilerin beni sormalarıyla anladım...

Bıkmadın mı dostlardan yardım beklemekten?
Yorulmadın mı kendi kendini üzmekten?
"Yanımda kim olur?"
"Arkamda kim durur?"
sorularıyla güven evini yıkmaktan
sıkılmadın mı gerçekten?

Sağında, solunda, arkanda, yanında
kim var diye bakma.
"Bana Allah yeter." de,
yürümeye devam et...

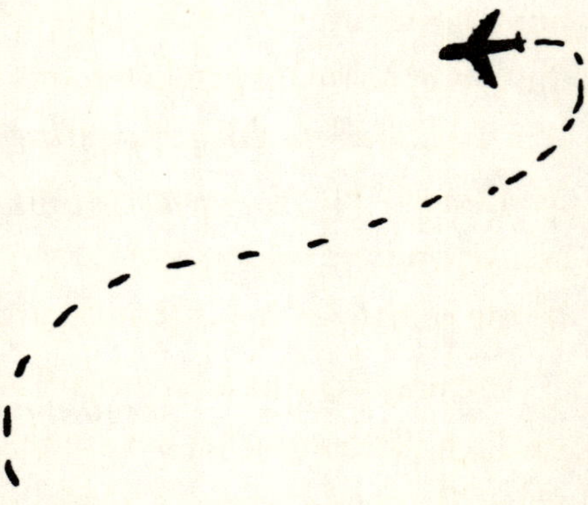

Olay şöyle olmuş: Biri maliyeyi aramış, "İnternetten, vergisiz satış yapılan bir ev, bir kişi." diye şikâyet etmiş. Maliyeden de bu olayı onaylamak için kargo şubelerinden adım soyadım ile araştırma yapmışlar; hatta annemin adına, babamın, ablamın ve askerde olan kardeşimin adına da arama yapmışlar. Arkadaşımın hallettiği kargo şubesinden ismim soy ismim çıkmış ve oraya gitmişler. Kayıtlara göre, o gün gönderdiğim bir kargo var ve son bir ayda dokuz kargo göndermişim. Aslında daha fazlaydı ama arkadaşım indirim yapmak için çoğu kargoda kendi isim ve soy ismini kullanmış, o yüzden eve baskına gelemediler. "Önemli bir şey değil." diyerek kargoda kargocularla konuşarak ayrılmışlar. Beni arkadaşım aradı, durumu anlattı. "Artık evden satış yapamazsın, sıkıntı olacak sana." dedi ama hayat bir bina olsun, bu bina da elli kat olsun; ben daha birinci katın merdivenindeydim. Her merdivene adım attığımda bu bina neden üstüme yıkılıyor? Elli kat elli; nasıl kaldırsın bu küçücük beden bu kadar yükü? Ama "Vardır Allah'ın bir bildiği." diyerek çok şükür o enkazdan her seferinde doğruluyorum çünkü biliyorum; daha ölmedim, mezara girmedim, yerin altında değilim; üstümde kaç kat olursa olsun... Ben düşersem ailem düşer; bunu bilir, bunu söylerim. Bir çözüm daha bulmam gerekiyordu. Şirket kurmam gerekiyor, ofis tutmam gerekiyordu. Home ofis yapabilirdim fakat bu sefer de fatura beyan edemezdim. Mağaza gibi bir yer açmam gerekiyordu, faturalı ürünler almam gerekiyordu ve bunun için de büyük para gerekiyordu ve o da bende yoktu. En az bir senem vardı onun için, en az...

Sıkışmıştım yine ama ne havlu atmak vardı ne nakavt olmak vardı. Kalkacaktım her seferinde, başka çarem yoktu dostum, yok... Beynim durmuştu, o gün ne düşündüğümü dahi hatırlamıyorum. Odama çekilmiştim, her gün saydığım ürünleri bugün saymamıştım. Telefonda yaklaşık altmış mesaj vardı, bir tanesine bile bakmadım. Arayanları da açmıyordum. Durmuştum, durulmuştum, bekliyordum bir şeyi ama neyi?

Çay, sigara, kahve ile günü bitirip, ertesine güne çıkmak istiyordum sadece. "Yarının haberi var benden, bugünden." der bir şarkıda ama benim yarına dair hiçbir fikrim yoktu. Sabah kalktım, elimi yüzümü yıkadım, anneme kahvaltı etmeyeceğimi söyleyip direkt arkadaşım Hüseyin'i aradım. "Arabayı al gel, acil." dedim. Bütün ürünleri saydım ve topladım; poşetlere, çantalara doldurdum; bastım spotçunun oraya gittim. Elimizde poşetler ve çantalarla spotçuya girdik, spotçunun gözü dört açılmıştı. Spotçu abinin adı Fuat'tı. Daha önce söyledim mi bilmiyorum ama Fuat Abi adamdı, adam...

"Ooo Aslan hoş geldin! Ganimet getirmişsin? Oğlum, kaç adet var lan? Hepsini alamam ben." dedi. Fuat Abi yaklaşık iki ay boyunca benden ürün istemişti fakat getirememiştim, kendim satıyordum. İşlerimin iyi olduğunu da internetten takip ediyordu, farkındaydım hepsinin...

Oturdum, "Gel Fuat Abi, konuşacağız. Beni dinleyeceksin, sonra da ona göre davranacağız." dedim. "Bu ürünleri sana satmaya getirdim fakat nasıl getirdim, niye getirdim, otur anlatayım." diyerek bütün poşetleri ve çantaları da hepsini görsün diye açtım. Yaklaşık iki yüz adede yakın, yani on beş bin liralık ürün vardı masada. Hüseyin'e, "Bize biraz izin verir misin?" diyerek dışarı çıkmasını istedim. Fuat Abi'ye her şeyi anlattım. Maliyeye şikâyet edildiğimi ve evden artık satış yapamayacağımı, ona karşı dürüst olacağımı ve ona ortak olmaya geldiğimi anlattım. "Sana ürün ve satış lazım, satışların düşük ve benden başka kimseden ürün bulamıyorsun." diyerek raflarına baktım, elli adede yakın ürün vardı. Haklıydım, o da biliyordu fakat kardeşinden çok büyük bir kazık yediği için ortaklığa korkuyla yaklaşıyordu ama avantajlı olan bendim; hem ürün temin edebiliyordum hem satışlarım çok iyi gidiyordu ama mağazam yoktu ve kontrol edemeyecek kıvama gelmiştim çünkü param veya sermaye ve şirket anlamında beni ileriye götürebilecek hiçbir şeyim yoktu. Fuat Abi'nin aylık yaptığı ciro yaklaşık yedi sekiz bin liraydı, onu da biliyordum. Ben bunu iki katına çıkartabilirdim. Hem müşterileri mağazamıza davet edebilirdim hem de satış olarak güveni artırırdı mağaza...

Fuat Abi, söylediklerimin karşısında şaşırdı ve soğuk baktı çünkü ortaklık için ona para vermem gerekirken, ondan para istemiştim. Bütün parfümlerin fiyatını söylemiş, onları talep etmiştim. Gerçekten çok şaşırmıştı. Kaç yıldır esnaf olan bir insandı ve itiraf etti. "Oğlum bana ortak olmak istiyorsun ama bunun için benden para istiyorsun. Saçma değil mi sence?" diye söylendi. Ben de oturdum, tekrar anlattım. "İki yüz parfüm getiriyorum buraya. Hepsinin geliş fiyatını bana vereceksin ve bu parfümler satıldıkça sen bu parayı geri alacaksın, kâr ne kalıyorsa onu bölüşeceğiz. Satışın eskisi gibi yedi sekiz binde kalmayacak, her ay on beş bin lira civarını garanti veriyorum." diye söyledim. "Bana bir gün izin ver." dedi. Ürünlerin orada kalması gerekiyordu, bir gün kalması için rica ettim. "Olumsuz olursa hepsini alır giderim abi." dedim ama olumsuz olmayacaktı, emindim. O da sıkışmıştı köşeye aynı benim gibi. Ben maliyeden, o ürünsüzlük ve satışlardan dolayı sıkılmış, bunalmıştı. İkimiz için de güzel bir çıkış yolu güçlerimizi birleştirmekti ama gel gelelim Fuat Abi'nin kardeşiyle yaptığı ortaklıktan çok canı yanmıştı. Hatta onun canı yanmakla kalmamış, tüm ailesinin canı yanmış. Etrafındaki tüm esnafların da bu durumdan haberdar olduğunu ben bilmiyordum, sonradan öğrendim. O yüzden ailesi dâhil, esnaflar dâhil hiç kimse "Evet, ortak ol." dememiş. Kimle istişare yapsa olumsuz konuşmuşlar. Beni tanımazlar etmezler, zaten dışarıdan bakıldığında çok da efendi duran bir tip değildim.

Kapıdan çıktığımızda Hüseyin sordu, "Ne yaptın oğlum sen, anlamadım." diye. "Ortak oldum kanka." diye anlattım durumu. Hüseyin de aynen şöyle söyledi:

"Bu adam seninle ortak olacak ama sana para verecek, öyle mi?" dedi. "Aynen kanka." dediğimde, "Bok verir!" dedi, ben de güldüm. "Yarın görürsün." dedim ama bu kadar güveni kendimde nereden buluyordum bilmiyordum. İçime doğmuş gibiydi. Fuat Abi ertesi gün aradı, yanına gittim. Söylediğim para kadar istediğim kadarıyla hazırdı, masada duruyordu ve bütün ürünler raflara dizilmişti. Parayı aldım, saydım. "Güvenini boşa çıkarmayacağım abi, merak etme." diyerek gülümsedim. O ise suratı çok asık bir şekilde, "Senden bir ricam olacak sadece." dedi ve başladı.

"Ben elli yaşındayım. Kimseye zararım olmamıştır, hele ki ticaret ve para varsa işin içinde hep kendimi geri tutmuşumdur çünkü bilirim; veren Allah alan Allah'tır. Ben sana babalık yaparım ama sen bana kardeşimin yaptığını yapma, sen bana evlatlık yap." dediğinde ne olduğunu anlamadığım için sormuştum. "Abi hayırdır, anlat hele. Kardeşlik bizde kötü değildir, kardeş olsam ne ala." dedim. Kardeşi, ah kardeşi neler etmiş...

O güzel, abdestli namazlı, kimseyle işi olmayan adamı cezaevine bile sokmuş. Ödenmemiş çek yüzünden on tane mağazasını yemiş, atmış köşeye. Biraz sorumsuz bir insanmış, bunları yaşatmış, batmasına sebep olmuş ama yine de kardeşine bir güne bir gün kötü konuştuğunu duymadım. "Sen bana babalık yap, ben sana evlatlık; söz." dedim ve devam etti. "Bak Aslan, ortaklıkta şu kuralı benimsersen Allah yanımızda olur." dedi ve bir Hadis-i Şerif okudu bana hafızasından: *"Allahü Zülcelal Hazretleri buyurdu ki: Biri diğerine ihanet etmediği müddetçe iki ortağın üçüncüsü ben olurum. Biri arkadaşına ihanet etti mi aralarından ben çekilirim."* dediğinde bunu mıh gibi aklıma çakmış ve "Merak etme." diyerek söz vermiştim. Onu da anlıyordum, korkuları vardı; tek başına ayakta durabilen ve çok aşırı mal veya para peşinde olan biri değildi. Hâli vakti de yerindeydi. Ben alacağımı almıştım ve ertesi gün orada işe başlayacaktım. Her gün sabah gelip akşam gidecektim. Ev ve iş yeri çok uzun mesafede idi ve kurumlara gitmek için de araba gerekiyordu. Zaten parayı ondan almamın en büyük sebebi de buydu; araba alacaktım ve hem işe güce arabayla gidip hem durmadan kurum kurum gezip satış yapacaktım. Hatta gitmeden bir gün önce, yani ürünleri götürdüğüm gün akşam; bir abimin kardeşi galericiydi, onunla görüşmek için numarasını istemiştim. Onu aradım ve yanına gitmek için, parayı da alıp dükkândan yola çıktım. Gittim, paramın yeteceği kadar bir araba beğendim ve paramın son kuruşuna kadar o arabaya verdim. Bir gün içinde arabayı da almıştım, sabah gidip noter işlemlerini halledecektim.

Ertesi gün oradan çıkıp direkt eve gittim. Olayları kısa kısa, içerik girmeden anlatıyorum dostum, gözünde canlandır istiyorum her okuduğunu...

Eve geldiğimde annem yine karaları bağlamış, "Bu oğlan ne yaptı?" diye düşüncelerle mutfakta oturuyordu. Oturdum, ona olumsuz şeylerden, maliyeden falan bahsetmeden; ortak olduğumu, bir mağazamız olduğunu anlattım. Artık daha da çok iş yapacağımı, işe güce gidip geleceğimi, hatta ve hatta Fuat Abi'nin bana araba aldığını, onu da işle ödeyeceğimi söyledim pembe yalanlarla. Her şeyi tam anlatmasam da kılıfına uydurarak anlattım ve yüzünü güldürdüm annemin. Annemin gülmesi her şeyden önemliydi benim için.

Çünkü bilirdim...

"Annen giderse, senin için gerçek ağlayan gider.
Nefesin, ömrün, sırtın gider.
İki kapılı bu handa,
Menzilin gider.
Annen giderse;
Darda yetişen elin gider.
Aklın gider, canın gider.
Şu dağlanmış yüreğinde,
Çocuk kalan yanın gider.
Annen giderse;
Öpülecek elin gider.
Bayramın gider."

Annemin bir duası bana dünyanın en güzel hazinesiydi. Babamsa kırık yanımdı, güçlü olmamı sağlayan yanımdı. Ertesi sabah aşırı heyecanla kalkmıştım. Arabam olacaktı arabam, dile kolay! Oturup kaldırımlarda yola bakarken "İnsanlar bu arabaları nasıl alıyorlar, anlamıyorum." dediğim türden bir araba... Orta sınıf bir araç fakat benim için Porsche'den farkı yoktu. İnsanın kendi arabası en güzel arabadır, bunu unutma dostum. Seni taşıyan ne ise ihtiyacın olan ne ise sana ait olan ne ise o senin Porsche'ndir.

O heyecanla öğlene kadar araba işlerini de halletmiştim ve arabama binip mağazanın yolunu tutmuştum. Mağazaya gittiğimde ise dünden kalan siparişleri göndermek için tek tek paket yapmaya başlamıştım. Fuat Abi bana işin gidişatını anlatmak istemişti ama gözü de dört açılmıştı. Geldiğim gün on adet ürün satmıştım, bir anda heyecan yapmıştı. On ürünü paketledikten sonra kargo olayını sordum, Fuat Abi'nin anlaşması yoktu ama şirket olduğu için anlaşma kolaydı. Hemen arkadaşımı aradım, dükkâna yakın şubeden birisini yönlendirdi. Yarım saat kırk beş dakika içinde kargoyu çözmüştüm. Fuat Abi şaşkınlıkla izliyordu beni, ne yaptığımı çok anlamamıştı çünkü aramızda gerçekten jenerasyon farkı vardı. Onun esnaflığı mağaza ile alakalıydı, benimki az da olsa internet, sanal ortamdı ve hayat artık sanal ortamdan ilerliyordu. Bu arada bir kız arkadaşım olduğundan bahsetmiştim; onunla görüşmeyi durdurdum. Her buluştuğumuzda para harcandığı için ve erkekliğe leke sürdürmek istemediğim için hesabı hep ben ödediğimden görüşmeyi kesmiştim. Zaten lise aşkımı unutamıyordum, bir kızı normal arkadaş olarak görsem de görüşmek istemiyordum, aklım fikrim tamamen lise aşkımdaydı. Hadi diyelim onu da geçtim, dışarıda yiyecek beş kuruş param yoktu. Aileme bakmam gerekiyordu, ailemi düşünmem gerekiyordu. Evde soğan ekmek yerken, dışarıda döner yiyemezdim ya da ben yerken annem ne yapacaktı? Kardeşim askerde ne yiyordu? Her an her şeyi düşünüyordum. Lise aşkım, ah o güzel sevdalım, ah o gülüşünde cennet saklı esmer sevgilim, ah... Onunla ayrılığımız olaydı, olay! Belki de o yüzden barışmadık ama önemi yoktu. Aradan beş altı yıl geçmişti, yine aklım fikrim ondaydı. Kalbim o ayrılık anında nasıl kırıldıysa orada kalmıştı, anılarım orada kalmıştı ve ben hayatımı orada yakmıştım, aşk adına kül etmiştim ve o aşkın içine gömmüştüm bir daha çıkmamak üzere.

"Aşkı da araya sıkıştırdı Aslan." diyeceksin. Evet sıkıştırdım dostum çünkü kırık olduğum en derin mevzu budur, emin ol...

Neyse, işimize gelelim... İnternetten büyümeye devam ediyordum, günbegün satışları artırmak için her şeyi yapıyordum. Geldiğimde Fuat Abi'nin aylık cirosu yedi sekiz bin lira gibiyken, ben geleli henüz on beş gün olmasına rağmen yedi bin liralık ciroyu yakalamıştık. Fuat Abi'nin yüzündeki bahar mevsimini size anlatamam. Ama daha da çoğaltmam gerekiyordu; arabayı boşa almamıştım, değil mi? Sadece işe git gel ile olmazdı bu işler...

Kurumları ayarlamaya ve kurumlara gitmeye başlamıştım. On beşinci gün, mağazaya, büyük bir satış yaparak dönmüştüm. Fuat Abi'nin yüzündeki bahar mevsimi çoktan yaza dönmüştü, benimse artık korkum kalmamıştı. Tek yapacağım şey, iyice işe saldırmaktı. Başka yolum da yoktu doğrusu. Gün geçtikçe işi çoğalttım. Kazandığım hiçbir parayla kendime dair bir şey yapmadım, mağazaya ürün almalara devam ettik. Mağazanın aylık cirosunu yirmi bine çıkartmıştım. İki ay sonra yirmi bin lira ciroları beğenmez olmuştuk ve mağazamızda yaklaşık beş yüz adet ürün olmuştu. Sat al, sat al devam ediyordum ve sayfada takipçi sayım yetmiş bini geçmişti. İyice isim yapmaya başlamıştık bu sektörde. Artık Hırsız Aslan gitmiş, Beyefendi

Aslan gelmişti. O sektörde herkes benim büyüyüşümü ve cesaretimi konuşuyor ve "Aslında o bir şey yapmamıştı." diyorlardı. Konuların çok içeriğine giremiyorum. Uzun yıllar oldu, acılarla büyüttüğüm yıllardı; ne seni ne kendimi üzmek istemiyorum. Her şeyi net net yazmaya çalışıyorum. Evet, Aslan işe güce koşturmaktan hiçbir gün yorulmadı ve aradan aylar geçtikçe parasını ve mağazasını Fuat Abi'yle birlikte büyüttü, sayfasını büyüttü. Bu arada Aslan'ın çok iyi yaptığı bir şey vardı, sıra ona geldi. Telefonda uygulamayla uğraştığı için iPad almak istedi ve gitti iPad aldı fakat iPad'de uygulama telefonda olduğu kadar güzel değildi. O yüzden boş bir hesap açıp herkesi takip etmek istedi, bilgi adı altında bir sayfa açtı. Bu sayfa Aslan'ın geleceğine asıl yön verdiği yer olacaktı ama bilmiyordu, farkında değildi...

Bir ayet der ki (Secde-17); *"Hiç kimse kendisi için gizlenen müjde ve mutluluğu bilemez. "Bir sure der ki (Bakara-216) "Olabilir ki siz, bir şeyden hoşlanmazsınız; oysaki o sizin için hayırdır. Yine olabilir ki siz, bir şeyi seversiniz; oysaki o sizin için bir kötülüktür. ALLAH bilir, siz bilemezsiniz."*

Her hayırda bir şer, her şerde bir hayır vardır!

iPad'i elime aldım, uygulamayı açıp bir baktım, hiçbir işime yaramayacaktı. Böyle şey olur muydu; son paramı vermiştim, benim için tamamen lükstü iPad, ihtiyacımı gidereceği için almıştım ama ihtiyacım zerre kadar görülmeyecekti. Bu olaya çok tutulmuş ve sinirlenmiştim. iPad'i bir kenara attım, bir hafta sonra ancak yüzüne baktım sinirden. Açtığımda, uygulamadan satış sayfalarını kontrol etmek, takibe almak için "Bilgi" adı altında bir sayfa açtım ve sayfaya on on beş tane görsel ekledim. Sayfaya kendi kendine takipçi gelmeye başladı.

Uygulamadan anlamış değildim, kendi kendine beş on kişi geliyordu durmadan. Her bir içerik paylaştığımda durmadan sayfa yükseliyordu, günbegün, saat saat yükseliyordu. Hiçbir reklam olmamasına rağmen insanlar talep göstermişti. O arada satışlarıma devam ediyordum. Bir yandan iPad'den bilgi yüklüyor, bir yandan telefondan satış yapmaya çalışıyordum. Mağazada işler tamamen rayına oturmuştu. Ben mağazaya geleli yaklaşık yedi ay olmuştu ve artık eskiye dair elimizde ürün kalmamış, hepsi yenilenmişti; yani artık hepsine yüzde elli ortaktım. Satış sayfam ise doksan bin kişiyi çoktan geçmişti. Artık elime para geçer olmuştu, borçlarım harçlarım bitmişti tamamen, evime güzel bakabiliyordum.

Ne kadar zor olsa da sınavlarım,
bilirim kaderin bir sürprizi vardır mutluluk adına
ve yine bilirim,
Allah benimle...

İşler rayına oturduğu sırada çok büyük bir şey fark ettim. Ben bilgi sayfasını açmıştım fakat her gün bilgi paylaşa paylaşa sayfa tam tamına kırk bin takipçiye ulaşmıştı. İnanılmaz bir rakamdı; reklamsız, kendi kendine kırk bin kişi nasıl olurdu? Oturdum, bunun üstüne iyice bir araştırma yaptım. Mesaj isteklerime baktığımda yaklaşık yüz tane karşılıklı reklam mesajı vardı. Eğer ben bu sayfayla ilgilenirsem, reklamla birlikte bu sayfa on on beş güne bir kırk bin daha artacak gibiydi. Fuat Abi'yle görüşüp iki üç hafta işi evden götüreceğimi söyledim. Sayfayla ilgilenmeye başlayacaktım, onu da büyütüp satış sayfası yapmayı düşünüyordum. Evden de satışlara devam edebilirdim zaten ama kurum kurum gezmeyi bırakmıştım o sıralar. çok yoğun olduğumuzdan dolayı gidemiyordum, sadece telefonla ilgilenebiliyordum çünkü satışımız artık on beş yirmi bin değildi, sadece internet ve mağazadan, elimde çanta çanta dolaşmadan yirmi beş bin lirayı geçiyorduk ve Fuat Abi de ben de çok mutluyduk bu durumdan, asla ve asla düşmesini istemiyorduk. Çıkması için de o maddi gücünü kullanıyordu, ben de atikliğimi ve zekâmı kullanıyordum sosyal medya üzerinden ani bir çıkış yapmak için. Bu sayfayı büyütürsem, işleri iki katına çıkartabilirdim. Ve gün gün başladım sayfayı büyütmeye, reklam yapmaya... Diğer satış sayfam gibi günde bin kişi bin kişi büyüyeceğini düşünürken, bilgi reklamı olduğu için günde beş bin kişi beş bin kişi büyüyemeye başladı sayfa; inanılmaz bir şeydi bu! Sayfayı on günde yüz bin kişiye çıkarmıştım ama o sırada gerçekten evden, nefes almaya dahi dışarı çıkmıyordum. Sabah saat dokuzda uyanıyor, gece beşe kadar iki sayfayla ilgileniyordum. Şu an gözleri bozuk bir şekilde bu hikâyeyi yazıyorum mesela, en büyük zararı gözlerime oldu. Neyse... Gün gün durmadım, hiç elimden bırakmadım, yemedim içmedim devam ettim. On beş gün sonra bilgi sayfam yüz elli bin kişiye ulaşmıştı ve günde kendi kendine reklamsız iki bin kişi büyüyordu. Bu, satış sayfama da yansımıştı. Her gün bilgi sayfasından satış sayfamı atıyor, satışımı yükseltiyordum. Yirmi beş bin ciroyu otuz bine çıkarmıştım ve o da ne? Mesaj isteklerinde artık "Reklam ücretiniz ne kadar?" diye soran satış sayfaları vardı! Şok olmuştum, reklamdan para mı kazanacaktım? Gideri de yoktu. "Bu nasıl bir şey arkadaş!" diye mutluluktan uçmuştum fakat insanlara yardım daha önemliydi benim için. Ben işe başlarken herkese mesaj atardım; iyi olan insanlar karşılıklı yaparlardı, diğerleri küçümser, cevap bile vermezlerdi. Benden de zamanında para isterlerdi, o para istediklerinde canım burnuma gelirdi, o psikolojiyi biliyordum. O yüzden küçük sayfalara yardım amaçlı atacaktım, büyük olanlardan para talep edecektim. Böyle böyle günler geçti. Evden çıkmadığım tam tamına otuzuncu gündü ve Fuat Abi isyandaydı "Gel artık." diye. Çıkmam gerekiyordu, mağazaya da bakmam gerekiyordu. Bu arada, bilgi sayfam iki yüz elli bini geçmişti ve artık günlük para kazandırmaya başlamıştı bana. Artık iki gelirim vardı.

Mağazaya gittiğimde Fuat Abi'nin yüzü gelmediğimden dolayı asıktı ama ona durumu anlattım. Üstüme düşen görevi yerine getirmiştim o ay; sadece evden yani telefondan, on dokuz bin liralık satış yapmıştım ama mağazada satış çok düşüktü. Otuz bin liralık ciromuz yirmi beş bin liranın altına düşmüştü ve Fuat Abi bu durumdan memnun değildi, işe saldırmam gerektiğini söylüyordu. Saldırdım ve önümüzdeki süreçte hiç durmayacaktım. İki kapım olmuştu ve bu nimetleri asla ve asla kaçıramazdım. Fuat Abi'me biraz yer vermek istiyorum. Bana abilik de yaptı, babalık da... Sağ olsun, ne zaman ne istesem elinden geldiği kadar destekledi beni. Bugün de böyleydi bu, yarın da öyle olacaktı, biliyordum. Ticarette güvendiğim tek dal belki de Fuat Abi'ydi ve her zaman o dal orada olacaktı, farkındaydım. Ne zaman sıkışsam, bir dal arasam, uzandığımda onu tutabilirdim çünkü öyle bir insandı o. Bana özel miydi bu durum? İnsani yapısı olarak hayır ama ticarette bu kadar darbe yiyip bu kadar ihanete uğradıktan sonra bir insana bu kadar güvenmesi tamamen bana özeldi. Sağ olsun, özel insandı Fuat Abi, özel...

Mağazayı günbegün büyütmeye devam ettim. Bilgi sayfasından artık para kazanıyordum ama çok para değildi. Başkaları benim beş katı fiyatıma reklam alırken, ben insanlara yardım olsun diye az az alıyordum ama iş çığırından çıkmıştı, talep çok fazlaydı. Fiyatı yükseltip para kazanacaktım ama korkuyordum. Başıma bir kere maliye gelmişti, yine gelebilirdi, o yüzden prosedür neyse ona uymak zorundaydım ve bunu araştırmam gerekiyordu. O sırada bilgi sayfası zaten uçmuş şekildeydi dostum, Allah'ın eli değmiş gibiydi resmen. Dört yüz bin kişiyi geçmişti ve her gün yirmi tane reklam talebi geliyordu; mümkün değildi yetiştirmek ve mağazaya zaman ayırmak bu sıralar çok zordu. Ben de iş planı yaptım kendimce. Gündüzleri saatlere bölerek "Otuz dakika bilgi, otuz dakika satış sayfam." dedim ama inan dostum, hiç kendime zaman ayırmadım. Koskoca on bir ay geçti, bir gün bile "dinleneceğim, tatil" demedim, "Alışveriş" demedim, "Uyku" demedim... Sabah dokuz on, gece üç beş... Durmak yoktu Aslan'a, durmak yoktu.

Bu sırada mağazamızın olduğu alışveriş merkezinde samimi olduğumuz bir arkadaş arabasını satıyordu. Taksit imkânı da sunuyordu. Benim arabamı verip ay ay ödeyerek o arabayı alacaktım. Benim arabamın fiyatı o ara yirmi bin lira, alacağım araba ise altmış bin lira idi.

Oturdum şöyle soğuk bir banka ve düşündüm; "Ben kim, altmış bin liralık araba kim? Vay be Aslan, vay!" diye söylendim ve "Hamdolsun." dedim. "Şükür olsun, isyanımı boğazımda düğümlediğim günler için de helal olsun Aslan sana." dedim. O araba için arkadaşla anlaştık, kefilim de Fuat Abi oldu ve arabayı aldım. Kardeşimin araba sevdası vardı, geldiğinde çok şaşıracaktı. Az kalmıştı askerden gelmesine ve artık sadece araba borcum vardı. Artık ilk elime geçen para benim param olacaktı, ödemem yoktu. Sadece otuz gün sonra arabanın parasının ödemesi gelecekti. Tekrar konuya dönüyorum...

Durmadan devam etmem gerektiğini çok iyi biliyor, çok iyi fark ediyordum. Kötü günleri yaşamış olmamın en güzel tarafı da buydu; kötüyü görmeseydim, iyiyi anlayamazdım, buna emindim artık ve ALLAH EN İYİ BİLENDİR. Benim isyanımı boğazımda düğümlediğim günlerde, Allah belki de beni bu iyi günlere hazırlamıştı, kim bilir? Benim bile anlamadığım şekilde işlerim büyüyordu ve artık alışveriş merkezinde bile ismim duyulmuştu. "Şu çocuk var ya şu çocuk..." diye konuşuluyordum. Bir gün alışveriş merkezinden dışarıya çıktım caddeye doğru yürümek için ve eskiden çok samimi olduğum, aynı sektörde çalıştığım biriyle karşılaştım: Kazım Abi. Aslında hiç karşılaşmak istemediğim bir insandı ama kader, yapacak bir şey yok.

Kazım Abi, "Vay vay vay, Aslan'a bak Aslan'a!" diye karşıladı beni yolda.

Bense, "Abi merhaba, nasılsın?" dedim kibar bir şekilde. Kazım, "Oğlum senin oran buran kalkmış; bir havalanmışsın, giyimin, kuşamın değişmiş. Herkes senin hakkında konuşuyor. Arasak açmıyorsun zaten... Hayırdır, abi kardeşlik olayımıza ne oldu?" dediğinde benim kafam attı çünkü ben o zor günleri yaşarken herkesten telefon beklemedim, sayılı insanlardan bekledim, o da o sayılı insanların içerisindeydi ama artık işlerine yaramazdım ki?

Hırsız Aslan'ı kim arardı? Arasa ne yapacaktı ki?

Kısacası aramamıştı dostum, Kazım Abi de aramamıştı, o da bu da şu da... Bana bakış açıları, kullanılacak biri olmam yönündeydi bence...

Kazım Abi'nin o cümlesine şöyle cevap verdim:

"Bak abi, kim ne konuşuyor umurumda değil." dedim. "Umurumda olsaydı inan bu duruma gelemezdim, intihar ederdim o lekeden dolayı ama yine eski günlerin hatırına söylediklerine cevap vereyim:

Ben değişmedim, sadece sizin bana bakış açınız değişti. Önceden Aslan'a küçük, kullanılacak biri olarak bakıyordunuz ama şimdi; iş sahibi, parası var, bilmem ne diye bakıyorsunuz, sonra da gelip 'Aslan değiştin.' diyorsunuz. Değişmedim. İnsanlara konumlarına göre bakarsanız, herkes bir gün değişir size karşı. Hadi eyvallah." dediğimde o surat ifadesini görmenizi gerçekten isterdim. Pancar desem değil, patlıcan desem değil ama kızarıklık çok yakışmıştı Kazım Abi'ye...

Ben değişmiş miydim? Bunu çok sorguladım etrafımda ve değişmediğimin cevabını çok aldım ama her gün "Değiştim mi?" diye aynada kendimi de sorguladım. "Allah bize para vererek karakterimizi, benliğimizdeki var oluş sebeplerimizi değiştirecekse eğer vermesin, istemem." diye de içimden her gün geçirdim dostum.

İnsanın var olduğundan beri değişmeyen şeyler dünya işleri için değişecekse, o insan yaşamasın benim gözümde dostum.

Tam tamına bir yılı devirmiştim mağazada ve satış sayfası yüz on bin kişiye ulaşmıştı. Aylık ciromuz artık otuz bin liranın altına düşmüyordu. Güzel kâr bırakıyordu, arabayı tek başına ödeyebiliyordu mağaza. Bilgi sayfam ise dokuz yüz bin kişiye ulaşmış, iyi ücretlerden günde dört beş reklam almaya başlamıştı. Günlük kâr oranı yüksekti. Aslında mağazaya girmemin en güzel nedenlerinden biri de burada reklamı vergiye işletip mağazadan fatura çıkarabilmem olmuştu, bu beni her türlü çok rahatlatmıştı. Fuat Abi bana çok uğurlu gelmişti, tabii ki Allah'ın sayesinde; "İyi insanmış ki karşılaştırmış." diyorum. Fuat Abi'ye dualarımda her zaman yer veririm.

Dün yaşadığım hatalardan çıkardığım tüm tecrübeler,
bugünümde yapacağım hataları engeller.
Her hata güzel bir ders çıkarmak için
müthiş bir araçtır, anlayamaz bilmeyenler.

Dualarımla Kaderim mi Değişti?

Borçlarım bitmiş, para biriktirmeye başlamıştım bile çoktan. Sadece arabanın taksiti ödeniyordu ama istesem bir çırpıda bitirebilirdim borcu, o kıvama gelmiştim. Artık geleceğime dair planlar yapmaya çalışıyordum ama o planları sağlıklı yapamıyordum çünkü alışmıştım parasızlığa, alışmıştım "Sigara param olsun yeter." demeye, parayı nereye harcayabilirdim ki? Neye karşı hevesim kalmıştı ki? Eğlenmek istesem, eğlensem ne olacaktı ki dostum; benim derdim başkaydı, bu hayat beni başka bir hâle getirmişti. Dertlerim dünya işleri ya da hevesleri değildi, derdim başkaydı dostum, başka. İnsan olmaya, aileme bakmaya çalışıyordum. Paranın tek anlamı geçimimi sağlayabilmek, sıkıntı yaşamamak... Parasız da yaşanır, parasız da nefes alınır; bunu biliyordum. Para yok diye ölmemiştim, var diye de değişemezdim ama bir şeyi unutmuştum: Annem.

O kadın bir senedir evde konu komşu gezer ama çocuğu askerde, kocası gitti; bir tatile gidip rahatlaması gerekmez miydi?

Evladı olarak, ilk biriktirdiğim parayla onu en güzel yere yollamalıydım, annemi güzel bir tatile göndermeliydim.

Düşündüm taşındım, ablamı aradım. "Annemi Umre'ye göndereceğim, Umre turu bul bana." dediğimde, ablamın "ASLAN kardeşim!" diye gülerek haykırmasını hiç unutmam. Evet dostum; ilk kazancım, elime geçen ilk paramla annemi Umre'ye göndermek istiyordum ve bununla gurur duyuyordum çünkü Allah beni iyi şeylerde kullanıyordu. O parayı har vurup harman savurmak yerine, annemi Umre'ye göndermem için beni aracı olarak görevlendiriyordu ve bu mükemmel bir duyguydu; tarifi zor, yaşaması da bir o kadar güzel bir duygu...

Gün günü devirdikçe kazancım artmaya devam ediyordu. Bense daha da azimliydim; elime geçen bu kaderi geri itemez, kötüye kullanamazdım. Prangalar vurduğum gençlik dönemimi biraz daha eğitmem gerekiyordu. Zincirlerini asla gevşetemezdim; biraz daha sıkı, biraz daha sıkı, biraz daha sıkı...

Gençtim, para kazanıyordum; daha önce görmediğim, elime almadığım paralar... Güzel bir gençliğim olmamıştı, hiçbir şey yaşayamamıştım ya da nefsimin dişleri hâlâ beni ısırıyor olabilirdi ama kanmayacak, o iblisin küçük tuzaklarına düşüp kendime ihanet etmeyecektim. Kendime ve aileme güzel bir gelecek hazırlamak zorundaydım. O yüzden gezme tozma işleri veya eğlenmek veya başka şeyler dostum, aklına ne geliyorsa gençlik adına, hiçbirini yapamazdım, yapmayacaktım. Her ailenin bir fedakârı vardır, bu aileninki ise bendim, farkındaydım ve bunun için şanslıydım. Kimseye hesap vermediğim bir hayatım olmuştu. Helalinden para kazanıyor ve kimseye hesabını vermiyordum; ne anneme ne babama... Kendi kendine yeten biri hâline gelmiştim; daha doğrusu aileme de yetiyordum. Gün geldi, devran döndü. Zamanı geldi, annem Umre'ye gidecekti. Çok aşırı heyecanlıydım. O uçağın kalkışında, o uçağı izlerken; içimde uçan, kuşlar mı diyeyim, Anka kuşu mu diyeyim, renkli renkli muhabbet kuşları mı diyeyim, kıpır kıpır müziklerle dans ederek uçuşuyordu. Tarifi imkânsız bir duyguydu bu, annemin o mutluluğu her çektiğim çileye değmişti ve benim de kazancımı hayırlı işlere harcayabiliyor olmam; ablamın o mutluluğu; dedemin, anneannemin mutluluğu; annemin arkadaşlarının gelip "Aslansın sen!" demesi... Her şey, böyle güzel şeylerde ufacık bir tebessüm bile, insanın nefsini okşuyor. Dostum, iyi ki durdurmuşum içimdeki o susmak bilmeyen şeytani sesleri, iyi ki...

Annemi uçağa bindirdik ve dualarla gönderdik. Annemi yanıma alıp güzel bir fotoğraf çektim, onu da kendi kişisel sayfamda paylaştım. Bu paylaşım, güzel bir olayın habercisi olacaktı dostum, güzel bir değişim...

Hayatım değişiyor olsa da eksiğim vardı; güzel sevgilim, güzel lise aşkım... Aklım, fikrim, beynim, kalbim, elim, gözüm ondaydı, onda kalmıştı diğer yarım. Diyorum ki "Neler çektin Aslan, neler neler ama deniz derya aşarken, bir kaşık su aklına geldiğinde kendini boğmayı nasıl beceriyorsun?" Becerebiliyordum, o aklıma geldiğinde her şeyi sineye çekip atabiliyordum, yapabiliyordum. O an hayatı durdurabiliyor, gülerken bir anda surat asabiliyor, içime içime akıtabiliyordum gözyaşlarımı. Çektiğim sıkıntıların, hayat telaşının yanında belki de aşk acısı hiçbir şeydi ama acıyordu işte, geçmiyordu, dinmiyordu. Kalp bu, sevdi işte; kor ateş yanıyordu.

Annem gitti. Ben o mutlulukla günlerimi geçirmeye devam ediyor, işime gücüme iyice sarılmış şekilde koşuyordum ticarette. Cahil cesaretimle öyle adımlar atıyordum ki; her gördüğüm işe zıplıyor, her şey için "Yaparım." diyordum çünkü sermayesiz büyüdüğüm için sermayemi kaybetmekten korkmuyor, katiyen çekinmiyordum.

Annemi Umre'ye gönderdikten sonra, ertesi gün bir iş teklifi geldi; bir alışveriş merkezinde ortak gümüş mağazası ve standı açma üzerine ve hemen kabul ettim. Diyeceksin ki dostum, "Bilmediğin iş, anlamadığın sektör ve ortak olacağın kişiyi iyi tanıyor musun? İstişare yap Aslan, düşün biraz." Bunları çok duydum dostum ama biliyordum; batsam da çıksam da Allah yanımda. Allah'ın bir bildiği var; benim bildiklerimin, senin bildiklerinin çok üstünde. Kalbimde ferahlıkla, Allah'a güvenerek her işe girebilirdim ve yine biliyordum ki alan da veren de Allah. Verdiğinde "Allah'ım niye bana verdin?" dedim mi ki aldığında "Benden her şeyi niye aldın?" diyebileyim?

"Allah büyük ve yanımda." diyerek
huzurun kapısını çaldım her seferinde...

Kısa sürede açmamız gereken bir yerdi ve kardeşim askerden gelmişti, işe ihtiyacı vardı. Benimse kısa sürede biriktirdiğim para bu işe yetiyordu ama taksit imkânımız da vardı; taksitli girebilir, o arada arabayı tekrar yükseltebilirdim. Arabayı yükseltmemin tek sebebi ise parayı elimde tutmaktı. Gayrimenkul alabilecek durumum olmadığı için o arada arabayı sürekli yükseltip, güzel bir fiyata geldiğinde satıp, ev almak istiyordum. O yüzden sürekli arabayı yükseltme peşindeydim.

Neyse dostum... Girdim o gümüş işine. On gün vardı önümüzde, stant ve mağazayı yaptırmamız gerekiyordu. O arada kardeşimi bu işe motive etmem gerekiyordu. Kardeşim benim gibi değildi, ben de onun gibi değildim. Kardeşim tam bir görev adamıydı. "Bu duvar yıkılacak." de, arkanı dön git, yıkar, "Nasıl?" diye sormaz, yapar. Bense duvarın nasıl yıkılacağını anlatabilirim ama asla yıkamam. Tornavida bile tutamayan biriyimdir. Beynim fıldır fıldır ama el işçiliği sıfır olan biriyim. Kardeşimse tam tersim; çalışkan, görev adamı... Onunla güzel bir konuşma yaptım. "Bu bizim işimiz, geleceğimiz. Eğer gümüş işi yürürse mağaza senindir, sana aittir, geleceğin buradan yön alabilir ama bunun için her zaman sor, sorgula, abin olarak benden fikir al." gibi şeyler söyledim. On gün içerisinde her şeyi tamamladık ve mağazayı, standı açtık. Annem geldiğinde ona büyük bir sürpriz olacaktı çünkü bir anne evlatlarını düşünmeden edemez. Kardeşimin geleceğini çok düşünüyordu, kardeşimin elinde mesleği yoktu. ALLAH, annemin dualarıyla, kardeşime de benim elimden bir kapı açmıştı. Şükürler olsun.

Kaybetmekten asla ve asla korkma.
Bil ki kazanmak için
kaybetmeyi göze almak gerekir.

Bilgi sayfam o arada bir milyon yüz bin kişi civarına gelmişti ve satış sayfamda da işler tıkırındaydı. Gümüş, iş yapmasa bile ayakta tutabilirdim orayı kendi gelirimle.

Annemin gelmesine beş gün falan kalmıştı dostum. Kişisel sayfamda fotoğraf paylaşmıştım demiştim ya, o fotoğraf bana büyük bir hediye getirdi.

İki gün önce yapılmış bir yorum gördüm ve yazan lise aşkım EYLÜL!

Ya Eylül dostum, Eylül! Bütün sancılarımın sebebi, bardağımdaki zehrin adıydı EYLÜL.

Ne yaptım dostum, biliyor musun? Telefonu elimden düşürdüm ve kırıldı! Lan yorum gitti, yorumu göremiyordum. Aceleyle kardeşime bağırdım "Telefonunu getir hemen!" diye, aldım elime telefonu, uygulamadan hemen kendi kişisel hesabıma girdim; o saniyeleri size anlatamam. Bu aralar içimde kuşlar o kadar çok uçuyordu ki göğsümün ortasına gökyüzü kurulmuş gibiydi. Önceden akbabalar dans ediyordu, ölüm solosu çalıyordu ama şu an en güzel şarkılar, en güzel melodiler ve en güzel kuşlar uçuyordu içimde...

Yorumda dostum, "ALLAH kavuştursun." yazmıştı EYLÜL'üm. İnanamamıştım, beni takip mi ediyordu? Hemen baktım tek tek; hayır takip etmiyordu ama satış sayfamı eklemiş, oradan görmüş iki gün önce. "Lan Aslan, iki gündür nasıl görmezsin!" diye söylendim kendi kendime diyeceğim ama inanma dostum; dizlerimi dövdüm, dizlerimi! Hemen yoruma cevap verdim. Kırk yorum vardı, kimseye cevap vermemiştim ama EYLÜL başkaydı. Mevsimlerimin en güzeliydi, tüm mevsimlerim onda hapis kalmıştı. Güzel sevmiştim Eylül'ü, başka sevmiştim, başka. Sevgiyi biliyor muydum? Hayır, kimseyi sevmedim ama görüyordum etrafımdaki sevgileri. Benimki başkaydı, unutamıyordum. Her şey kaderimde vardı ve imtihanımın içine aşkım da dâhildi.

Teşekkür ettim ve bir mesaj attım özelden "*Nasılsın?*" diye. O saatten sonra işi gücü falan unutup, kardeşimin telefonunu rehin alıp; elimde telefon, avare gibi geziyor, durmadan telefona bakıyordum cevap ha geldi, ha gelecek diye. Hadi Aslan, bekle, sabret, sabrın sonu selamet. Hadi, hadi Eylül! Aradan altı saat geçmişti, cevap yoktu. Akşam olmuştu. Yemek yememiş, su içmemiş; sadece çay ve sigarayla telefon bekliyordum. Kardeşimse kartımı alıp, gidip bana telefon alıp gelmişti. Kendiminkini alıp onun telefonunu vermiştim. Diğer telefon paramparça olmuştu; içindeki fotoğraflar, bilgiler, hepsi gitmişti ama kimin umurunda? Dünya yansa ne olur dostum, ne olur? Aradan beş yıl geçmiş, bir saniye bile unutmamışım güzelimi. Eylül bana yazmış, aylardan ocak olsa ne olur; güneş açar, güneş! Eylül, yaprakların rengini değiştirir, sarartır, hüzünlendirir; bende tam tersi olmuştu. Bir mesajıyla tüm rengimi, tüm hayatımı değiştirmişti. Hayatımın merkezine girmesi bu kadar kolaydı; bir mesajıyla tüm dikkatimi ona çevirmiştim ve mesajın devamı gelsin diye hayatı durdurup bekliyordum. Eve geçtiğimde saat sekiz buçuk civarıydı ve bir mesaj:

"İyiyim, teşekkür ederim. Sen nasılsın?"

Saniye bile geçmeden hemen cevap attım. Belki de şaşırmıştır ya da şöyle söyleyeyim; biz erkekler, kızlar gibi cin değiliz.

Heyecanımız, sevgimiz, ne varsa o anda yaşarız ama kızlar öyle mi? Onlar beklerler. Mesajı görürler ama bekletirler. "Beklerse daha iyi olur." derler, yapıları farklıdır bizimkinden. Ben saniyede cevap vermiştim ama onun mesajını bekleyecektim, farkındaydım.

"İyiyim ben de. Senin yorumu görünce çok şaşırdım ve mutlu oldum."

Düşündüğüm gibi olmamıştı, hemen cevap gelmişti.

"*Ya ben de senin satış sayfanı gör*ünce *çok şaşırdım. Oradan kişiselini gördüm, bir baktım annen Umre'ye gidiyor, sevindim, yorum yazdım.*" dedi. Soğuk muydu mesajları bilmiyordum ama soğuk geliyordu çünkü ASLAN yanıyordu, atmıştı ateşe kendini yine.

Eylül akıllıydı, atmazdı ateşe kendini ama Aslan öyle mi? Cesaretliydi dostum, cesaretli.

Mesajlar devam ediyordu. Konu açmaya çalışıyordum ama Eylül biraz donuk davranıyordu, tebessüm bile yakalayamamıştım ama onunla kesinlikle görüşmem gerekiyordu.

On buçuğa kadar mesajlaşmaya devam ettik, sonra Eylül yemek yiyeceğini ve sonra yazacağını söyledi ve gitti ama yemek yemek benim aklıma dahi gelmemişti. Eylül yemek deyince öyle bir acıktığımı fark ettim ki... Birazcık bir şeyler atıştırdım, odama geçtim, yatağıma yattım, telefonu elime aldım; tek tek Eylül'ün profilindeki fotoğraflarına baktım, yorumlara baktım, beğenilere baktım; hepsini bir bir inceledim. Acaba birisiyle görüşüyor muydu? "Acaba" sorusu bu kadar mı insanın kalbinde delik açar? Korkular sarmıştı beni; o "Acaba"nın cevabı "Evet" olursa biterdim ben, ölmüş sayardım kalbimi, tekrar yıkılırdım.

Aslında hiç mi konuşmamalıydım, bilmiyordum. Belki de o kadar derdin tasanın bir mutluluğu vardı ve Rabb'im biliyordu, Eylül'süz mutlu olamazdım. Mutluluğumu ona bağlamış, dönmüş gitmiştim.

Gece yarısını geçmişti ve mesaj gelmişti. Ben soğuk yatağımda beklerken bir mesaj, kısa bir mesaj:

"İyi geceler." ve sonunda küçük bir tebessüm...

Kaç saattir konuştuğum, mesajlaştığım Eylül, ilk defa tebessüm etmişti. Şimdi heyecan daha da sarmıştı kalbimi. Sabah "Günaydın" diyecek mi ya da ben desem ne der bilmiyordum ama denemeliydim. Uykuya dalmadan önce hayal dünyama daldım, tek tek hayallerimi inceledim. Hoş, hepsi güzeldi ama Eylül'e ait hayallerim çok başkaydı, çok harikaydı. Bütün hayallerim sona kalırdı, o en baştaydı!

Sabah kalktım ve gözümü açar açmaz, geceden hazır ettiğim *"Günaydın şapşal!"* mesajını okeyledim ve gönderdim. "Şapşal" aramızda birbirimize kullandığımız, lise yıllarında sevdiğimiz, sevimli bir kelimeydi.

O da hatırlayacak ama kızabilir ya da gülebilir, bilmiyorum. Ya ben bu ara derviş misali kendimi şehirden şehre vurmak istiyordum. Yok yok vazgeçtim, bedevi olmak istiyordum; çölden çöle vuracaktım kendimi. Heyecan dorukta idi.

"Günaydın şapşalıma!"

Bana da "şapşal" diye bir mesaj gelmişti ve lise yıllarına dönmeyi o kadar çok istiyordum ki... Günlük hayatta bana biri "Şapşal" dese ağzıma geleni sayardım ya da benden o kelimeyi asla kimse duyamazdı ama Eylül'e dair her şeyi çok özlemiştim. Hayatımı ona adamış, ayrılık anında kocaman, güzel bir hayat ve hayal bırakmış, hayata yarım şekilde devam etmiştim. Hayallerimi geri istiyordum, güzel günlerimi geri istiyordum.

Bu arada işi biraz sallamış durumdaydım. Gümüş yeni açılmıştı ama çok gidip gelmiyordum, evden dahi çıkmak istemiyordum ama hayata devam etmek zorundaydım. Ben düşersem ailem düşerdi; hatırlasana... İş için yola çıktım ve mesajlaşmalar ara ara devam ediyordu. Her gittiğim yerde, "Aslan hayırdır? Yüzünde güller açmış?" diyorlardı ama güller yüzümde, dikenleri içimdeydi dostum. Heyecan çok yüksek dozdaydı ama tedirginlik ve gerginlik de bir o kadardı ama mutluluk bunların önüne geçip yüzüme yansıyordu. Günlerim işe güce az koşturarak ama Eylül'le sürekli mesajlaşarak geçmeye başlamıştı.

Anladığım kadarıyla Eylül çok üzgündü, onu çok üzmüşlerdi. Her mesajda bir sitem fark ediyordum ve bu duruma çok üzülüyordum. Benim canım gibi sevdiğim o güzel kızı üzmüşlerdi. Ben olsam üzer miydim hiç? Ben yapar mıydım, kıyar mıydım? Bu düşünceler beynimi kaplamıştı. Onunla mutlu olmak istiyor, ona adım atmak istiyordum. O, mutluluğu; güzel küçük gözlerindeki ışıl ışıl görüntüyü hak eden bir insandı.

Eylül saf, temiz bir insandı. Kötülük bilmez, iyi niyetli, biraz kısa, minyon tipli, esmer, tatlı bir kızdı. Giyimine çok dikkat eden, tarzı olan biriydi.

Ben lise yıllarında serseri bir çocuktum, o ise daha narin

bir kızdı ama yine de severdi serseri olan insanları. Zaten bizim serseriliğimiz insanlara değil hayataydı ama hayat beni büyütmüş, olgunlaştırmış ve yeşertmişti. Amma velakin yeşeren dallarımda meyve eksikti. İşte o meyvelerim Eylül ile çıkacaktı, biliyordum.

Bizim Eylül'e ayrılmamız çok büyük bir olaydı dostum, ne olduğunu dahi anlamamıştım. Kaşı gözü güzelimi böyle severken bir anda çekip gitmişti ve gidiş nedenini çok uzun süre araştırmış, zar zor bulmuştum. Bulduğumda ise anlamıştım; elinde değildi, ailevi nedenlerden dolayı seçim yapmak zorunda kalmışlık vardı. Bu bence bana bir kapıydı. O da beni düşünmüş müydü acaba? Bu kadar yıl olmuştu, hiç merak edip bakmış mıydı?

Sorular, sorular... İçimi yiyip bitiren, kemiren sorular...

Ne yapıp ne edip görüşmem gerekiyordu. Annemin gelmesine iki gün kalmıştı. O gece telefonda Eylül'le üç saat konuştuk. Eskiler, yeniler derken hayatımı az biraz anlattım ve hayran kaldığını, gurur duyduğunu söyledi. Annem ve babamın durumuna çok üzüldüğüne ama hepsinin geçmiş olduğuna dair konuşmalar yaptı. Yıllardır dertli tasalıydım; teselli adına ne cümleler duymuştum fakat Eylül'ün bana ettiği iki cümle herkesin tesellisini geride bırakmıştı. Fark atmıştı, iyi gelmişti, huzur vermişti.

Eylül'e, annemin iki gün sonra geleceğini söyledim ve "*Sana Umre'den bileklik hediye getirtiyorum. Onu vermek için görüşmek istiyorum.*" diye bahane uydurdum, aklıma gelen fikir buydu. O da kabul etti, "*Tamam.*" dedi. O an dünyaların önüne kırmızı halı serilmişti ve o halıda tek olan, ayakta duran bendim.

Dünyaları sermişti ayağıma bir "evet" ile. Bu heyecan fazla mıydı, beklediğime değmiş miydi? Ya her şey tekrardan mahvolursa? Bilmiyordum. Onu gördüğümde ne yapacağımı da bilmiyordum ama sarılmak, sarılmak istiyordum, kokusunu içime çekmek istiyordum. Papatya kokulu biriydi; kokladığında güzel, koklamadığında acı gelen bir duyguydu bu koku.

Anneme telefon açtım, hemen bir bileklik sipariş verdim. Güzel bir bileklik; ince, naif... Annem de şaşırdı çünkü annem daha önce bir kıza hediye ya da başka bir şey aldığımı duymamıştı, kimseye bu kadar önem verdiğimi görmemişti. Annem, "Tamam oğlum, tabii." dedi, ertesi gün bana üç beş fotoğraf attı, ben de seçtim bir tane. Kavuniçi renkli, özel taşlardan yapılmış bir mercan bileklik... Ne de yakışacaktı Eylül'ümün ince, naif bileğine...

Bu arada işi bıraktım sanma dostum, işi telefondan götürüyordum. Bedensel olarak hayatı durdurmuş olsam da beyinsel olarak devam ediyordum işime gücüme ve yeni araba almak için paramı toplamıştım, araba araştırıyordum aynı zamanda. Diğer arabanın borcunu çoktan bitirmiştim, yenisi geliyordu. İyi bir araba alacaktım bu sefer. Hepsi iyiydi kullandıklarımın ama bu sefer biraz lükse giriyordum, araba konusunda hayallerime ramak kalmıştı. Ben kim, o hayallerimdeki arabalar kimdi ama Allah nasip etmişti. Allah istediğinde bu araba ne ki dostum; katlar, yatlar, her şey olur, her şey...

Annem geldi, annemi karşıladık. Bu heyecanımı bile yenmişti Eylül'le buluşacak olmam. Ertesi gün olmasını o kadar istiyordum ki hiçbir şey gözümde yoktu. Annemi aldık, evimize geldik; evimizde misafirler, davetliler, zemzemler, hurmalar... Saatler geçmek bilmiyordu. Ertesi gün EYLÜL'le buluşacaktım, randevu ayarlamıştım, bilekliği elimde tutuyordum sürekli.

Ne yapacaktım, çok merak ediyordum. Beş yıl sonra onu görecektim. Fotoğraflarda görmek yetmiyordu ya da emin ol dostum, iyi olduğunu bilmek yetmiyordu ki Eylül'üm iyi değil, kırık buruktu bu aralar, farkındaydım. Onu iyi etmek benim boynumun borcuydu.

"EYLÜL'E

Her şey yapılabilir bir beyaz kâğıtla

Uçak örneğin, uçurtma mesela

Altına konabilir bir ayağı ötekilerden kısa olduğu için

Sallanan bir masanın veya.

Şiir yazılabilir, süresi ötekilerden kısa,

Bir ömür üzerine.

Bir beyaz kâğıda her şey yazılabilir

Senin dışında

Güzelliğine benzetme bulmak zor

Sen iyisi mi sana benzemeye çalışan,

Her şeyden,

Bir gülden; bir ilk, bir sonbahardan sor.

Belki tabiattadır çaresi

Senin bir çiçeğe benzemenin ve benim bilinci nasırlı bir bahçıvan çaresizliğimin

Anlarım bitkiden falan ama anlatamam toprağın güneşle konuşmasını

Sana çok benzeyen bir çiçek yoluyla.

Sen bana ışık ver yeter

Bende filiz çok

Köklerim içimde gizlidir

Gelen, giden, açan, soran, bere, budak yok

Bir şiir istersin

İçinde benzetmeler olan

Kusura bakma sevgilim

Heybemde sana benzeyecek kadar güzel bir şey yok!

Uzun bir yoldan gelen, tedariksiz, katıksız bir yolcuyum

Yaralı, yarasız sevdalardan geçtim

Koynumda bir beyaz kâğıt boşluğu,

Her şeyi anlattım

Olan, olmayan; acıtan, sancıyan

Bilsem ki sana varmak içindi,

Bütün mola sancıları, bütün stabilize arkadaşlıklar,

Daha hızlı koşardım,

Sever adım gelirdim,

Gözlerinin mercan maviliğine.

Sana bakmak,

Suya bakmaktır.
Sana bakmak,
Bir mucizeyi anlamaktır.
Sana, sola bakmadan yürüdüğüm yollar tanıktır
Aşk sorgusunda şahanem, yalnız kelepçeler sanıktır
Ne yazsam olmuyor
Çünkü bilenler hatırlar,
Hem yapılmış hem yapma çiçek satanlar,
Bahçıvanlar değil tüccarlardır.
Sen öyle göz,
Sen öyle toprak ve güneş ortaklığı,
Sen teninde cennet kayganlığı iken,
Sana şiir yazmak ahmaklıktır.
Bir tek söz kalır dişlerimin arasında
Ben sana "Gülüm" derim, gülün ömrü uzamaya başlar
Verdiğim bütün sözler sende kalsın isterim
Ben sana "Gülüm" derim, gül sana benzediği için ölümsüz
Yazdığım bütün şiirler, sana başlayan bir kitap için ön söz
Sana bakmak,
Bir beyaz kâğıda bakmaktır,
Her şey olmaya hazır.
Sana bakmak, suya bakmaktır
Gördüğün suretten utanmak
Sana bakmak,

Bütün rastlantıları reddedip,

Bir mucizeyi anlamaktır.

Sana bakmak,

ALLAH'a inanmaktır."

-Yılmaz ERDOĞAN

Yeni bir sayfa, yeni bir gün, yeni bir hayat ve buluşma anı gelmişti. Birbirimize fotoğraflar atmıştık, "*Yoldayım, geliyorum, trafik var.*" gibisinden... Evden çıkmadan aynaya yüz kere bakmıştım ve bakarken şunu fark etmiştim: ALLAH beni bu ana hazırlamış gibiydi. Eski Aslan yoktu, Aslan güçlenmişti, ayakları üzerinde durmayı öğrenmişti. Okul okumamıştı ama hayat okulu onu tecrübeleriyle mezun etmişti. Eylül ise kırık buruk bir zamanda idi. Büyümüştü, artık ciddi bir hayatı düşünmeliydi.

Buluşma anına gelelim dostum... O an ben yokum, yok... Şu an bunları yazarken dostum, tebessüm kalbimden kahkahalarla geliyor, yüzüme yansıyor.

Yok olmuştum, onu gördüğümde her yerimden terlemeye başlamıştım; hava soğuk sayılırdı ama vücudum sırılsıklam olmak üzereydi. Gözlerimin önünde bana doğru yürüyordu, sarılmamak için zor tuttum kendimi. Elini sıktım, yanaklarından öptüm ve "Hoş geldin." dedim.

O an Eylül oraya hoş geldiğini sanıyordu ama hayatıma hoş gelmişti. Daha doğrusu hayatımı geri getirmişti, farkında değildi.

Onda da ufak bir heyecan vardı ama belli etmemeye çalışıyordu. Bir kafede buluşmuştuk. Bir köşeye geçtik ve iki kahve söyledik. Biraz bakıştık ve muhabbet açılmaya başladı. İşimden dolayı elimde iPad ve çanta vardı, ufak görünce şaşkınlıkla ve tebessümle sordu, "Sen böyle çanta taşır mıydın ya?" diye. Biraz laf soktu geçmişime; o anları çok anlatamıyorum dostum, mümkün olmayan tarifler... Vuslat gelmişti; gurbette gibi beklemiştim bu anları ve mesajlaşmalar, konuşmalar tekrar sevgili olmak için çabalar vardı benden Eylül'e doğru ama Eylül kendini geri çekiyordu. Sürekli o konuyu açıp üstüne gidecektim.

Kahvelerimiz geldi, garson masaya koydu. Eylül yine yaptı yapacağını... Öyle güzel bir sakarlığı vardı ki anlatamam; masum ve saf, insan kızamıyor. Gelir gelmez kahveyi döktü, biz ise birbirimize bakıp kahkahayı bastık.

"Yine mi ya, yine mi?" diye söylendim tebessümle, o da "Aslan benimle uğraşma ya, elimde olmadan oluyor vallahi." dedi üzgün üzgün. Bu olaya bile üzülmesi beni kahrediyordu.

Konuyu direkt açtım. Cesaretli Aslan yaptı yapacağını.

"Eylül, sen sürekli kendini çekiyorsun farkındayım; canın da yanmış, bunun da farkındayım ama seninle buluşmamın tek bir amacı var. Açık açık konuşacağım seninle." dedim ve Eylül şaşkınlıkla,

"Bileklik değil miydi amaç? Farkındayım ama dediğim gibi ben bir ilişki ya da başka bir şey istemiyorum. Üniversiteden yeni mezun oldum ve yüksek lisans yapacağım, ondan sonra da kariyer yapacağım." diye tekrar tekrar aynı cümleleri kurmuştu bana.

Bense masaya elimi koydum sert bir şekilde ve aynen şöyle söyledim dostum:

"Bak, bu masaya iyi bak..." dedim, "Şerefsizim, buraya yazıyorum; vallahi de billahi de seni alacağım, seninle evleneceğim, sen de göreceksin."

Eylül, "Ya Aslan, saçmalama istersen. Bak böyle konuştukça beni itiyorsun. Kesinlikle kimseyle bir şey düşünmüyorum, asla da düşünmeyeceğim, bunu anla. Arkadaşlığımız, muhabbetimiz bitsin istemiyorum ve seni de üzmek istemiyorum." dedi.

Bense, tekrarladım:

"Göreceksin, bak gör, demedi deme; alacağım seni. Alttan gireceğim, üstten çıkacağım ama alacağım." dedikçe Eylül sinirlenmeye başlamıştı. Sinirlendiğinde kızamayan bir yapısı vardı; susardı ve sustu.

Birbirimize baktık bir süre ama ben o arada masaya parmaklarımla yazı yazıyordum, "Alacağım seni." diye. Onu gördükçe yumuşama başlamıştı Eylül'de ve ben de cebimden bilekliği çıkarttım, "Bileğini uzat Eylül." diyerek bilekliği bileğine taktım. Takarken de, "Bugün bileklik taktım, kısa sürede parmağına yüzüğümü takacağım, göreceksin." dediğimde, Eylül çıldırdı.

"Aslan yeter!" diye bir anda sert bir tonla çıkıştı ama kendisi de hemen kendini durdurdu. "Özür dilerim, bağırdım." dedi ama önemsizdi. Ne kadar bağırırsa bağırsın fark etmezdi. Artık ben bulmuştum Eylül'ümü, bırakır mıydım?

Odamda hayalet gibi dolaşmıştı Eylül yıllarca ve şimdi karşımdaydı.

Bayağı sohbet muhabbet ettik ve bana karşı sıcakkanlı olmaya başlamıştı ama ben durmuyordum, her laf arasında "Seni alacağım." diyordum. Eylül'se artık bu konuşmayı şakaya vurmaya başlamıştı. "Asla ve asla, katiyen ve katiyen olmayacak öyle bir şey. Ne seninle ne başkasıyla." deyip duruyordu papağan gibi ama ben de papağandım; olacaktı. "Alacağım seni." diye diye iki üç saat muhabbet etmiştik, veda vakti gelmişti ama tekrar buluşmayı çoktan ayarlamıştım. "Eve gittiğinde haber ver." diye de uyarmıştım.

"Aslan sen manyak mısın? Bak görüştüğüme pişman etme beni. Ne haberi vereceğim sana?" diye söylendi ama cevabım karşısında çok şaşırmıştı.

"Bugün haber vermesen yarın haber vermeye başlayacaksın, bunu bil; ben seni bir daha kaybetmem. O yüzden bu fikre kendini alıştır ve eve gidince bana haber ver." diyerek arabasına bindirmiştim.

Yolculamıştım dostum diğer yarımı, arabaya bindirip...

Bugünden sonra hiçbir şekilde alttan almayacak ve üstüne üstüne gidecektim. Onu tekrar sevgilim yapmak için elimden geleni yapacaktım ya da şöyle dostum; ben onunla yuva kuracaktım yuva! Bunu da ona aşılamam gerekiyordu.

Oradan çıktım; galeride bir araba bulmuştum, ona bakmaya gidecektim. Serhat Abi'mi aradım, onunla birlikte galeride buluşacaktık. Galeri, oturduğumuz kafeye yakındı. Galeriye gittiğimde ise Eylül'den bir mesaj:

"Geldim, evdeyim."

Yazmıştı. Bu güzel bir adımdı dostum, çok güzeldi. O kadar laf söylemişti ama yine de adım atmıştı, o da istiyordu. Kırık buruk hâlini silip atacaktım, farkındaydı.

Ben de mesaja güzelce cevap verdim teşekkür ederek. *"Ben de galerideyim."* falan diye haber vermiştim, haber vermeye başlamıştık birbirimize. Adımız sevgili değildi ama davranışlar o yola girmişti.

Dostum, sana şunu söyleyeyim; "Sevgilim olur musun?" falan, bunlar önemsiz. İki insan bedensel ve ruhsal olarak bir anda adım attığında, adını ne koyarsan koy, aşk çoktan kalbinde, o koca çınarın köküne suyu dökmüştür.

Galeride olduğumu duyunca, arabayı değiştireceğimi söyleyince şaşırdı. "Resim falan at, ben de fikir vereyim." diye muhabbetler devam etti. O arada Serhat Abi'mle arabaya baktık, çok beğendik ve arabayı teste sokup almaya karar verdik. Bir şey çıkmazsa alacaktık ve hayallerimdeki arabaya, hayallerimdeki insanla mesajlaşırken; annem sıcacık yuvamdayken, kardeşimin bir işi olmuşken binecektim. Değişik duygular içerisindeydim.

Anlaştık ve arabayı aldık dostum. O araba benim bütün kazancımdı ama gün gün kazanmaya devam ediyordum.

Allah bütün işlerimi bir anda, bir yıl gibi ufacık bir zamanda; sermaye olarak bir telefon parasıyla yoluna koymuştu.

Ayrıntılara çok girmeyeceğim dostum, seni bunaltmayacağım ama hayat üniversitesinden mezun olmuş bir şekilde, genç yaşımda mükemmel tecrübelere sahip olmuştum.

Eylül'le konuşmalar devam etti. Aradan bir hafta geçti ve ona *"Aşkım."* diye mesaj attım. *"Ne aşkımı ya?"* diye cevap verdi ama sabah akşam mesajlaşıyor, sabah akşam haberimi alıyor ve bana haber veriyordu. Ben de direkt, yine sert bir şekilde, *"Yarın aşkım olacaksın, şimdiden ol, uğraştırma. Bu işin dönüşü yok, ben seninle evlenmek istiyorum, sevgili olmak istemiyorum ve sana 'Sevgilim olur musun?' demeyeceğim. Sen benim liseden beri aşkımsın. Kaybetmiştim, buldum; bırakmam, uzatma."* diye bir mesaj attım.

Tebessümle cevap verdi.

Artık aşkımdı.

Zaman geçtikçe işleri iyice toparladım ve bu arada Eylül'le mükemmel bir çift olduk dostum. Ailem, işlerim ve Eylül; her şey yolunda idi.

Aradan dört ay geçti, Eylül'le birlikte idim. Ara sıra kavgamız olsa da her şey güzeldi.

Evlilik için adımlar atıyordum, o da farkındaydı ve evlenme teklifi zamanı gelmişti. Sağ olsun kuzeniyle her şeyi ayarlamıştım ve arkadaşlarıyla çok güzel bir evlilik teklifi hazırladım.

Bu arada bilgi sayfam bir milyon yedi yüz bin olmuştu, satış sayfam yine sabit şekilde devam ediyordu. İşler iyiydi ama gümüş işi iyi gitmiyordu, kapatmak istiyordum çünkü hep cebimden harcıyordum.

Ticareti boş ver dostum, aşka geliyorum.

Korku evinde bir evlilik teklifi...

Korku evini ayarladım ve ne kadar arkadaşımız varsa hepsini çağırdım. Korku evinden çıktığımızda; büyükçe bir parti şeklinde, herkes vampir elbisesi giymiş, ortada pasta ve kamera beni bekliyordu.

İlk ben çıkacaktım ve çimen arazide diz çöküp bekleyecektim.

Korku evi villaydı. Villanın bahçesini çok güzel hazırlamıştık; herkes vampir elbisesi giymişti ve herkesin yüzünde maske vardı; erkeklerde benim maskem, bayanlarda Eylül'ün maskesi ve bangır bangır bizim müziğimiz çalıyordu ama korku evinden çıkmadan duymak mümkün değildi. Villanın karşı bahçesinin duvarına ise kocaman bir pankart hazırlatmıştım. Pankartta:

"GÜLÜŞÜNDEKİ CENNET EVİM OLACAK ELBET. EVİM OLUR MUSUN?" yazıyordu.

Ve o an dostum... Çıktım kapıdan, koşarak yüzüğü aldım ve diz çöktüm. Herkes bağırmaya, konfetiler patlamaya başladı. Yerde yanan ışıklar, kalpler, balonlar; her tarafta, her şey vardı. Ben pankartın önüne diz çöktüm ve kapıdan Eylül çıktığında beyninden vurulmuşa döndü, eliyle ağzını kapattı ve geri içeri girdi; kaçtı resmen. Kimse bir şey anlamadı ama içeriden, arkadan arkadaşı iterek çıkardı. Heyecandan ne yapacağını bilemedi. Ben de kapıya doğru koştum, gittim elinden tuttum, ortaya kadar çektim ve tekrar diz çöktüm. "Evim olur musun?" dediğimde, ağlayarak, "Evet, evet!" diye bağırdı. Kabul etmişti. Dört ay önce hiçbir şekilde ilişki bile istemeyen insan, evlilik teklifimi kabul etmişti.

Gülüşü artık bana aitti dostum, bana! Yıllarca beklemiştim, istemiştim, dua etmiştim.

Evlilik yoluna girmiştik Eylül'le. Detaylara çok girmeden hikâyemin sonuna gelmek istiyorum dostum.

Bir gün Eylül'le oturduk, eski günleri konuşmaya başladık ve döküldü içlerimiz. O da ben gibi yıllarca araştırmış, bakmış, sosyal medyada bir gözü sürekli bendeymiş. İçimi yiyen soruların hepsini sordum, hepsinin cevabını aldım. Anladım ki beklemek, sabretmek, aşkta çok da mantıklı değil. Ben daha önce adım atıp bu kararlılığımı gösterseydim, şimdiye belki de çocuğumuz vardı. Bilemiyorum, hayırlısı böyleymiş tabii ama beklemek, sabretmek, hiçbir şey yapmadan susmak, sevene yakışan bir şey değilmiş dostum. Söylemen gereken bir şey varsa, sevdiğine onu sevdiğini söyle, bekleme. Geç kalmak bazen bu kadar güzel sonla bitmiyor; hiçbir duygusunu bilmeden, hiçbir duygunu ona ifade etmeden yıllar geçer, başkalarıyla hayat kurabilir ve yarım kalabilirsin. Eğer ben şimdi adım atmamış olsaydım, peşine düşmemiş olsaydım, ömür boyu yarım kalacaktım, buna eminim çünkü tamamlandığımı hissediyorum. Eksik yanımı tekrar vücuduma, kalbime, ruhuma getirdiği için Eylül'e teşekkür ediyorum...

Gök'te bir yıldız değildi,
Gök'ün hepsiydi yüzün hepsi...

Çok zor günler geçiren Aslan, işini gücünü ve hayatını yoluna koymuştu, kaybettiği aşkına kavuşmuş ve evlilik yoluna girmişti. Evlenmesi için de işi gücü yerindeydi; ailesine yük olmadan, kendi başına düğün yapabilirdi. Kimseye "Eyvallah." demeden her şeyini alabilirdi.

Eylül'se okulunu bitirmişti. İyice oturmuş o güzel, narin kişiliği ile akıllı ve temiz, efendi bir bayan, bir erkeğin evlenmek için seçeceği biriydi. Geçmişimi düşündüğümde, geleceğimi gördüğümde hak ettiğimi düşünüyordum Eylül'ü. Zor günlerimi güzel günlere satmak istiyordum, takas etmek istiyordum. Her zaman istemiştim ama Eylül'le olan günler çok başkaydı, özeldi. Özet şu ki dostum; her şey güzeldi...

Aileyle tanışma fasılları yaşadık, heyecanlar doruklardaydı. Allah herkese yaşatsın; sevdiğiniz insanın ailesiyle tanışmak, geleceğe adım atmak, hayat birleştirme telaşı farklı, yani her şeyden farklı yaşanan, diğer duygulara benzemeyen duygulardı. Ailelerimizi de tanıştırmıştık, isteme faslına gelmişti sıra. O günü anlatamayacağım dostum, çok özeldi çok, uçtum gittim ben o gün... O acı kahve var ya o acı kahve, onu bile hatırlamıyorum, o kadar söyleyeyim... Tek hatırladığım; o eve girdiğim andan itibaren sırılsıklam olmuştum terden, stresten, heyecandan, aşktan, meşkten... Korkum yoktu, eksik olan yanımı tamamlıyordum. Avucumdaki bir kar gibi erimesine asla izin veremezdim, artık benimdi, benim eşim oluyordu. Eylül'ü dedem istedi. İsteme olduktan sonra nişanı yaptık, orada yüzükler takıldı, dualar edildi, fotoğraflar çekildi, müzik çaldı, eğlenildi, gülündü, heyecanlanıldı. Herkeste ayrı duygu vardı; annelerde hüzünle kol kola bir mutluluk, babalarda telaş içerisine bürünmüş kırık bir mutluluk, akrabalar heyecanlı, kardeşler korkulu... Biz ise dostum; sevdiğime kavuşmak, ailesinin bile artık onun benim olduğunu bilmesi başka be dostum, çok başka, çok...

Nişan sonrası geçen zamanı biri durdursaydı o zaman dururdum, o an orada kalırdım dostum. Ev arama heyecanı, rengine dahi bizim karar verdiğimiz kendi eşyalarımıza bakmak, düğün salonları araştırmak, gelinlik, damatlık; her şey özel ve güzeldi. Neyimin eksik olduğunu daha iyi anlamıştım, hep istediğim şeyi koymuştum artık yerine ama bundan çok korkuyordum. Tekrar kaybedersem hepsini kaybederdim, artık bunun farkındaydım. Bu heyecanlar başkaydı; bu heyecanlara karşılık gelecek duygular yoktu, bu heyecanlarla yarışacak bir heyecan yoktu. Her şeyi Eylül'le birlikte yaptık. Evimizi tuttuk, yerleştirdik, düğün salonumuzu seçtik... Evliliğe dair aklınıza ne geliyorsa ikimiz baş başa verdik ve birlikte yaptık.

Kimseye yük olmadım çok şükür; ne maddi ne manevi. Allah yanımda idi ve beni bugüne hazırlamıştı sanki. Kazancımı ona göre çoktan ayarlamıştı güzel Rabb'im...

Ve o gün geldi çattı: Düğün günü. Kız çıkarma faslı vardır adetlerde, çok duymamış olabilirsin. Güzel bir törenle gittim. Mehter takımıyla birlikte bütün sülalem, sevdiğimi almaya gittik. Zamanında yanımda olmayan herkes yanımdaydı. Eve girilecek, el öpülecek ve kız alınıp çıkılacaktı ama bu mutlu günde, düğün günümde bu anlar zor dostum. Erkeğe zor değil ama kızın yaşadığı zorluğu gördüğünde kendini kötü hissediyorsun ama her şey sevdiğin kolunda eşin olarak o evden çıktığında bitiyor gidiyor. Bende de öyle oldu. Eve girdiğimdeki ağlamalar ve üzülmeleri gördüğümde duygulanmıştım ama sağdıcım Serhat Abi hemen arkadan kolumu tutarak, "Kızı al çık hemen." dediğinde fark ettim gözlerimin dolduğunu. Eylül'ü aldım, el öpmeyi bitirdim ve evden çıktık. Çıktığımızda Eylül'ün o gözyaşlarını sessiz sedasız, damla damla akıttığını görebiliyordum, elini daha sıkı tutuyordum "Yanındayım." diyerek. Arabaya götürüp bindirdiğimde, Eylül ağlarken benim ne yaptığımı sorarsanız, bas bas bağırdım "Aldım kızım, seni aldım!" diyerek ve oradan düğün yerimiz olan otele geçene kadar, "Aldım seni, oley oley!" diye bağırıyordum. Eylül de gülmeye başlamıştı artık "Manyaksın sen Aslan!" diyerek...

Otele gittik, hazırlıklar falan derken düğün saati geldi çattı. Serhat Abi'm geldi bana dedi ki, "Lan Aslan, düğün nedir biliyor musun? Erkek için 'Bitsin de gidelim', kadın için 'Bu rüya bitmesin'dir. Sen o erkeklerden olma. Düğün sahibi sensin, sen eğlenirsen herkes eğlenir. Bu rüyayı da Eylül ölene kadar unutmaz. O rüyayı bitirmemek senin elinde, ona göre." dedi. Bu sözleri duyan Aslan düğünde rahat durur mu? O düğün rüya olacaktı, rüya! Düğün başladı ama bitmesini kimse istemedi. Taktım o davulu omzuma, herkesi piste kaldırdım. Saatlerce yerime oturmadım ve Eylül'le birlikte *Bitmesin Bu Rüya*'yı söyledik. "Hadi gidelim." demedik hiç, üç dört saat süren düğünde hiç yerimizde oturmadık. O anlar müthiş kusursuz anlardı. Düğünümüzü de bitirmiştik, artık evimizin yolunu tutmuştuk. Kornalar, sirenler, konvoylar hâlinde gittik evimize ve o eve, Eylül'le birlikte bir ömür yaşamak için adım attım.

Evlendim dostum, evlendim!

Yani nasıl anlatılır ki? Biri dese ki "Bak Aslan, zamanı gelince böyle böyle olacak.", "İmkânsız." derdim, güler geçerdim.

Öyle olmadı, demedi kimse ama düşünceme bile ters gelen bu mutluluk tekrar kapımı çaldı, hatta bu kapıyı ben zorla çaldım diyebilirim çünkü Eylül'ü tekrar gördüğümde asla bırakmayacağıma dair kendime söz verip elimden gelen her şeyi yaptım gönlünü çalmak adına ve çaldım, artık o kalp bana aitti. Sevdiğim tekrar gelmişti ve benimle eş olmaya karar vermişti ve olmuştu. Çektiğim bütün çilelerin sonucunda böyle mutlu olmak çok garip be dostum, çok... Akla hayale sığmayan bir yaşantıdan böyle bir yaşantıya düşmek... Rabb'im elleriyle beni itmişti bu huzurun içine. Dualarımı duymuş, bana cevap vermişti şükürler olsun.

Bir tek insana bile borcum yoktu. Koskoca düğünü yaptım, evimi dizdim, Eylül'ün isteklerinin çoğunu karşıladım... Hoş, Eylül'üm bir şey istemedi ama her zaman şunu düşünerek davrandım: Annem çekti, Eylül çekmeyecekti.

Ben Aslan. Hayatı iyi geçmeyen bir insandım. Acılarla savaşmayı öğrenmeye çalışırken çok gençtim, yıkık bir ruha sahiptim. Hayat konusunda genç yaşta tecrübelere daldım, hayatla savaştım. Kaderimin çok iyi olmadığını düşündüğüm zamanlarda bile isyan etmedim; bilirdim kaderin üstünde kader vardı ve onu yazan ALLAH'tı ve ALLAH her şeyi herkesten iyi bilendi. Herkesin acısı kendine; ben kendime göre çok acı çektim dostum, içime ata ata da hastalık hastası gibi olmuştum ruhsal olarak. Ben iyi insan mıydım bilmiyordum ama kazancımı iyi şeylerde harcadığımı biliyordum. Etrafımda kim varsa yardımcı olmaya çalıştım çünkü bildim ki Allah bana bunun için daha çok verirdi ve ben daha çok yardım edebilirdim. En çok kullandığım dua ise "ALLAH'ım, yardımlarını bu kulunun eliyle yap."

Veren el değildim, aracıydım. Aracı olmak mükemmel bir duyguydu. Aynaya baktığımda, "Aslansın sen Aslan!" diyerek bile kendimi mutlu edebiliyordum. Uzun lafın kısası dostum; ne olursa olsun, ne yaparsan yap, iyilik için yap. İyilik içinde filizlendiği zaman, o filiz köklerinden savrulur ve kocaman bir ağaç olur ve inan bana dostum, o çınarı kimsenin yıkmaya gücü yetmez.

Kim derdi ki Aslan bir gün böyle filizlenecek, kendi işini kendi gören bir kurt olacak, ensesi kalın olacak? Ben demezdim dostum, bence beni tanıyan kimse de diyemezdi. Hayat buna izin vermezdi.

Dostum...

Şu anda evli biriyim ve güzel bir yuvam var.

İşlerim devam ediyor, kimseye borcum yok. Aileme bakmaya devam ediyorum, ailem çok iyi çok şükür; annem, kardeşim, ablam, herkes iyi. Biliyor musun dostum, EYLÜL beni babamla da barıştırdı. Kırık yanlarımı tamir etti. Baba bende eksik bir kelime olarak kalmıştı, çoğu zaman ölü varsaymıştım, hırslanmıştım ona. Bu düşüncelerimi eritti, babamla beni iyi etti. Yani dostum, baba yolundaki eksik yanım da gitmişti dertlerimle birlikte.

Bilgi sayfam devam ediyor, şu anda iki milyon yüz bin kişi.

Satış sayfam devam ediyor. Satış sayfamla artık ben ilgilenmiyorum; beraber çalıştığım bir abim vardı, soğuk havalarda bana bot almıştı, hatırladınız mı; Serhat Abi'm... Onunla ortağız artık. Satış sayfama ve mağazaya o bakıyor Fuat Abi'yle birlikte.

Gümüş mağazasını devrettim. Kardeşimle birlikte, şu anda çok büyük bir restoran zincirinin franchise şubesini açıyorum ve bunu açarken kimseye borçlanmıyorum dostum.

Arabam hâlâ var. Bunları anlatırken ya da sen okurken yanlış anlama dostum; asla kibir, böbürlenme yok. Veren Allah, alan Allah. Sadece, ben bunların hepsini bir tane telefon satarak yaptım; aslında yapmadım, Allah yolumu açtı, ben yürüdüm. Duamın kabul olduğu yere ve hangi duam olduğuna geleceğim; onun için detay vermeden üstünden geçtim konuların.

Şu anda işe başlayalı tam tamına üç yıl oldu. "Ne de çabuk geçti zaman." diyorum. O heyecanlar, hayata yeniden başlamak, bu sevinç... Her derdi gördüğümde, küçücük çocukların iğneden kollarını sakladıkları gibi ben de kendimi bir köşede saklamaya çalışırdım ama her şeyi yenip geçtiğimi şimdi geriye dönüp baktığımda anlıyorum. Üç yıl dostum, üç yıldır ben bu dertleri yenmiştim. Yenileri çıkmamış mıydı? Çıkmıştı tabii ki ama en zorunu yaşadığını düşünürsen, her gelen dert sonrası derde "Kolaysın." diyebilirsin; ben diyebildim, sen de diyebilirsin. Allah hepimize diyebileceğimiz kadar dert versin.

İyi anlar hep uzaktan bakar dostum ama kötü gün kapıda bekler, pusuda bekler, gün geldiğinde herkesten önce çelmeyi takar kaderinin o güzel, narin ayaklarına. Yere düşürdüğünde ise durmaz asla, basar tekmeyi ve kaçar. Kovalayacak hâl bile bırakmaz kötü gün...

İyinin güzelliği kötüde,
beyazın güzelliği siyahta gizlidir.
Kötü olmadan iyiyi,
siyah olmadan beyazı anlamak mümkün değildir.

Evlendiğim için adıma yeni faturalar oldu. Bir tanesi ödenmemiş ve evimin, Eylül'le yuvamın elektriği kesilmişti. Eylül beni aradı ve elektriğin kesildiğini söyledi, ben de faturayı fotoğraflayıp atmasını istedim. Oysaki tüm faturalar; dükkânların, annemin evinin, kardeşimin telefonları, evimin faturaları, hepsi, aklına ne kadar fatura geliyorsa dostum, hepsine otomatik ödeme talimatı verilmişti ve ben faturalara bakmayalı iki yıl olmuştu, o an anladım. Başta bahsetmiştim dostum; büfede oturuyordum hani, arkadaşım kahve koymuştu, ben de faturalara dalmıştım ve o an içimden, "ALLAH'IM, BANA ÖYLE BİR PARA VER Kİ ŞU FATURALARI HİÇBİR ZAMAN DÜŞÜNMEYEYİM." demiştim. Hatırladın mı dostum o anı?

Kaderim o anda değişti, bense bunu üç yıl sonra anladım. Ben üç senedir o faturaların hiçbirine bakmamışım ve hiçbirine "Ne kadar?" dememişim dostum, hiçbirine...

Dinle dostum beni, dinle.

Sana FİL suresini anlatacağım.

Minik minik kuşların, kocaman filleri yendiği sureyi.

Şu hayatta kendini ne zaman kuşlar gibi küçük ve savunmasız hissedersen o sureyi hatırla.

Bizde büyük ya da güçlü olan kazanmaz,

ALLAH kimin yanındaysa o kazanır!

Bizde imkânsız diye bir şey de yoktur,

Kûn fe yekûn vardır!

Çünkü ALLAH "Ol" der ve olur.

Bizde kuşlar, filleri yener!

Diyeceğim o ki dostum, ne olursa olsun kazanmak için kaybetmeyi göze alman gerekiyor. Ne olursa olsun, kalbinde Rabb'ine güvencin ve temizliğin tam olması gerekiyor. Göze göz, dişe diş savaş verebilirsin hayatla ama kaderin üstündeki kaderi asla yenemezsin ama değiştirebilirsin. Dua ile Rabb'inle konuşabilir, içini ona açabilirsin. İçini bilmez mi Rabb'in? Seni denemek ister her seferinde. Sen eğer Rabb'ine karşı her seferinde temiz ve ferah kalırsan, isyanı ağzından çıkmadan tutar, dilini terbiye edersen, ödülü elbet vardır.

Ben bilirim ödülün ne olduğunu dostum, bilirim. Ya ödülünü aldığında ne yapacaksın? Asıl önemli olan budur.

Dertlerin tasaların bittiğinde sınavın bitti mi sandın dostum?

Hayır, asıl sınav şimdi.

Daha önce olmadığın güce sahip olabilirsin. Peki, bunu nasıl değerlendireceksin?

İyiliğe mi kullanacaksın kötülüğe mi?

Haram mı helal mi dostum?

Sınavın asla bitmez, değişir.

Eğer sen, dediğim gibi kalbini temiz tutarsan, her sınavı atlatabilirsin rahatlıkla. Eğer sınavın bu raddeye geldiyse bir bak kendine; kendini, gücünü, elini, kolunu nelerde kullanıyorsun?

İyiye mi kötüye mi?

Harama mı helale mi?

Düşün dostum, düşün. Sınavın bittiği anda yeni sınavını düşün...

Hayat her seferinde sana bir imtihan sunacak, bunu unutma dostum. Ben her seferinde atlatır mıyım bu kadar kolay bilmiyorum ama sınavımın devam ettiğini idrak ediyor, ona göre davranabiliyorum. Günahsız kul olur mu? Olmaz ama günahına tövbesiz kul olur. Ben tövbelerimi ederek devam edebiliyorum. Ya sen dostum?

Dua etmekten vazgeçme. Bil ki Allah her duaya cevap verendir.

Olduğunda şükür, olmadığında hamt edersen, Allah'a güvenirsen her şeyin iyisi senin olur. Senin kötü sandığın olaylarda bil ki Allah seni başka bir kötülükten koruyordur.

Yoklukla imtihanı geçersen eğer, varlıktaki imtihanı kolaylıkla atlatırsın dostum, yeter ki yoklukta sabretmesini ve Allah'a güvenmesini bil.

Böyle işte dostum... Hayat, kader böyle. Yapacak tek şey dua, yer gök dua...

Allah'a emanet...